KB115366

딕스전기

FANTASY FRONTIER SPIRIT

봉사 판타지 장편 소설

딕스전기 5

봉사 판타지 장편 소설

초판 1쇄 찍은 날 § 2014년 10월 31일
초판 1쇄 펴낸 날 § 2014년 11월 7일

지은이 § 봉사
펴낸이 § 서경석

편집부장 § 권태완
편집책임 § 박용서

펴낸곳 § 도서출판 청어람
등록번호 § 제387-1999-000006호
등록일자 § 1999. 5. 31
어람번호 § 제1-1973호

주소 § 경기도 부천시 원미구 부일로 483번길 40 서경B/D 3F (우) 420-822
전화 § 032-656-4452 팩스 § 032-656-4453
http://www.chungeoram.com
E-mail § chungeorambook@daum.net

ISBN 979-11-316-9273-8 04810
ISBN 979-11-316-9163-2 (세트)

봉사 판타지 장편 소설

FANTASY FRONTIER SPIRIT

딕스전기

5

DIX SAGA

도서출판 청어람

CONTENTS

딕스전기
DIX SAGA

제1장

연애하는 남자

DIX SAGA Ω

뮬의 반군을 지원하던 제국은 그 뜻을 이루지 못하자 다음 목표를 위해서 신속하게 움직였다.

제국은 국제 동맹국의 하나인 리안 부족 연합을 내부에서 분열시킬 음모를 꾸몄다.

제국이 보기에 가장 흔들기 쉽고, 또 확실한 효과를 볼 수 있는 곳이 리안 부족 연합이었다.

제국의 판단은 정확했다.

이러한 제국의 음모는 아리온스 왕국의 정보부에 의해 발각당했다.

아리온스 왕국은 이 사실을 즉시 국제 동맹의 맹주국인 뮬 공국에 통보했다.

동맹을 맺었지만 과거의 은원을 완전히 떨치지 못한 국가들은 여전히 소원한 관계였다.

아리온스와 리온 부족 연합이 바로 그러한 사이였다.

자연, 이 일은 뮬 공국이 떠맡을 수밖에 없었다.

'젠장, 하필 자이라라니!'

딕스의 얼굴이 시시각각 울긋불긋하게 변하며 화려한 색색의 쇼를 연출하고 있었다.

어찌 그렇지 않겠는가.

그의 인생에서 가장 만나기 싫은 두 사람 중 하나를 제 발로 찾아가고 있었으니.

야니시아 대부족 산하, 자이라.

자이라의 족장은 딕스가 사부로 모시게 된 전격의 파울이었다.

제국이 노력하더라도 기득권층인 대부족을 흔들기는 힘들다.

그러니 자연 기득권층에 불만을 품고 있는 소부족을 흔들 수밖에 없었다.

소부족 중에서도 힘이 있는 부족이 제국의 타깃이다.

제국의 입맛에 맞는 소부족 중 자이라는 적합한 곳이었다.

내키지 않는 임무였지만 그나마 딕스가 웃을 수 있는 이유는 단 하나였다.

"두 시간만 더 가면 국경 도시 카르시고가 나온대. 거기 양고기 요리가 특이하고 맛있다고 소문이 자자해. 거기 들러서 그거 먹도록 하자, 레이첼."

바로 레이첼이 그의 곁에 있었기 때문이었다.

"알겠습니다, 주인님."

레이첼은 위기에서 자신과 아버지를 구해준 사람이 딕스인 것을 알고서는 충격이 이만저만이 아니었다.

자존심 따위는 자신에게 하나도 남아 있지 않을 것이라고 생각했던 레이첼은 그것이 속단이었음을 알게 됐다.

딕스를 바라보는 레이첼의 마음은 괴롭기만 했다.

이를 파악한 딕스는 그녀가 부담을 느끼지 않도록 하나의 제안을 내놓았다.

바로 그녀를 고용한 것이다.

내 밑에서 일해요. 정당하게 일하고 일한 만큼 월급을 받아요. 당신에게 최상의 대우를 해주죠.

그 이후 레이첼은 신세를 갚기 위해서 내심 불편했지만 딕스의 여비서로 근무하게 되었다.

'천천히 다가가도 돼.'

마음이 없는 육신은 향기 없는 꽃이며, 그림 속 과일과도 같다.

맡을 수 없고 먹을 수 없다면 그건 꽃도 과일도 아닌 것이다.

그저 스쳐 보낼 인연이 아니라 붙들어 매고 싶은 인연이라면 꽃에게 향기를 주고 그림 속이 아닌 현실로 들여놔야 한다.

딕스는 레이첼에게 그래서 정성을 아끼지 않았다.

"안 더워? 레이첼."

"괜찮습니다, 주인님."

말끝마다 레이첼은 '주인님'이라는 호칭을 빼먹지 않았다.

이 호칭은 그녀에겐 일종의 선이자 울타리였다.

딕스는 그녀가 쳐 놓은 울타리를 넘어가고 싶어 했다.

이를 위해서는 그는 노력을 아끼지 않았다.

"상의는 벗어도 되잖아, 레이첼."

고급 마차라면 냉난방이 기본으로 장착되어 있다.

딕스는 고급 마차를 갖고 있었다.

냉난방이 된다는 말이다.

한데 마차는 냉난방이 전혀 작동하지 않았다.

마차 안은 찜통이다.

마차는 전혀 문제없었다.

문제는 이 마차의 주인에게 있었다.

'땀을 저렇게 흘리면서도 참다니. 이러다 사람 하나 잡겠

구나.'

마부에게 일러 냉방장치를 꺼두라고 그는 지시했다.

흑심이 있어서 지시를 내린 것이 아니다.

좀 더 레이첼과 가까워지려는 속셈이었다.

성과는 없었다.

레이첼의 상태가 걱정되기 시작하는 딕스다.

마부에게 일러 냉방장치를 다시 켜라고 하기에는 앞서 그녀에게 한 말이 있었기에 그럴 수 없었다.

"참을 만합니다, 주인님."

"보는 내가 더워서 그래, 레이첼."

"죄송합니다, 주인님."

레이첼의 뜻은 완고했다.

평생 여름에는 시원하게, 겨울에는 따뜻하게 살았을 것이다.

한데도 이 찜통에서 꿋꿋이 버틴다.

가난이 그녀에게 하늘처럼 높고 바다처럼 깊은 인내심을 가르치지 않았나 싶다.

아니면, 자신이 혐오스러운 파충류로 보이거나.

아니다. 그녀의 변화는 자신의 이름을 듣는 순간부터였다.

그전까지 자신을 바라보는 레이첼의 두 눈에는 호감이 가득했다.

호감과 비호감의 눈빛을 모를 만큼 딕스는 바보가 아니

었다.

'괜히 말했나? 하지만 숨기는 건 그녀를 기만하는 행위잖아.'

자신의 매력에서 그녀가 헤어 나오지 못할 때, 그때 자신의 정체를 밝힐걸.

이제 와서 후회한들 무슨 소용이랴.

딕스는 마법의 힘으로 실내 온도를 낮추었다.

레이첼의 표정이 한결 편안해진 것을 확인한 딕스는 사서 고생한다는 말을 그제야 절실히 깨달았다.

계획도, 꾀도 상대를 봐가면서 해야 하는 법이거늘.

"끙, 너무 앉아 있었더니 다리가 아프네. 레이첼은 괜찮아?"

연인의 이름을 되도록 많이 불러라!

딕스는 『궁극의 연애 기술』이란 책을 독파하며 이론을 구축했다.

그 책 첫머리에 기술된 키포인트가 바로 이것이었다.

그는 레이첼이 말끝마다 주인님이란 사무적인 호칭을 붙이는 것에 뒤질세라 그녀의 이름을 꼬박꼬박 불러주었다.

티끌 모아 태산. 바로 그 정신에 입각한 것이다.

누구나 자신에게서 떼려야 뗄 수 없는 것이 이름이다.

그 이름을 수백, 수천 번을 불러주는 늘 곁에 있는 남자.

나중에라도 다른 이들에게서 자신의 이름이 불리는 순간

그녀는 자신도 모르게 뇌리에 그 남자를 떠올리게 될 것이다.

무의식 저편까지 깊게 침투한 이 현상을 통해서 그녀는 딕스를 자신의 남자로 인식하리라.

딕스는 이 책을 저술한 작가 '안드로메다'가 신처럼 보였다.

그가 보기에 굉장히 그럴 듯한 논리였기에.

일명, 세뇌 연애!

이런 어마어마한 기술 서적(?)을 집필한 그 작가는 지금 뭘 하고 있을까? 언제 한번 그를 만나 생생한 그의 연애담을 들어보고 싶었다.

"저는 괜찮습니다, 주인님."

"흠, 내가 안 괜찮은데. 레이첼, 다리 좀 주물러 줄래?"

이건 직장 상사가 부하 직원을 직위로 위압하는 성추행이 아니다.

자신이 만지는 게 아니라 상대가 만져 주는 거니까.

안드로메다 가라사대, '스킨십은 애정의 다리다!'라고 했다.

딕스는 애정의 다리(?)를 놓기 위해서 자신의 두 다리를 과감하게 내놓았을 뿐이다.

레이첼은 그의 요구에 당황해 심장이 크게 뛰었고 머릿속이 순간 어지러웠다.

한편으론 자신의 처지가 서글펐다.

상대의 요구를 거부할 수 없는 현실이.

그녀의 속내를 보았다면 딕스는 자신의 머리를 쥐어박으며 이 말을 취소했을 것이다.

"아, 다리 많이 아프네. 에구구."

장난기 가득한 표정으로 딕스는 엄살을 부렸다.

그의 순수하고 귀여운 면을 보아주면 좋을 텐데, 레이첼에게는 그런 여유가 없었다.

자신의 처지에서 사물을 보고 있었기 때문이었다.

그것은 열등감이었다.

슬픈 얼굴로 레이첼이 대답한다.

"최선을 다하겠습니다, 주인님."

레이첼의 손이 딕스의 다리를 주물럭거린다.

전문 마사지사도 아닌 평범한 여자가 무슨 손힘이 있겠는가.

그저 가볍게 만지는 수준의 힘이다.

백날을 주물러도 시원할 리 없다.

딕스는 레이첼의 표정을 힐끔 살폈다.

'괜한 짓을 했나?'

갑자기 마음이 무거워진다.

자신이 뻔뻔하고 나쁜 놈이 된 것만 같았다.

이게 아닌데, 이러려고 이런 게 아닌데.

또 후회할 짓을 하고 말았다.

꼬여 버린 이 매듭을 어떻게 풀어야 하지? 딕스는 그 순간 아무것도 느낄 수 없는 나무토막이 되어버렸다.

'…연애라는 건 …너무 어려워.'

뮬 공국 북부 카르시고 시.

"이 고기 맛있네. 이것도 먹어, 요것도 먹고. 어때? 괜찮아? 포도주도 한잔 할래, 레이첼?"

두 사람의 말투나 호칭을 빼고 보노라면 누가 상관이고 누가 부하 직원인지 알 수 없을 정도다.

주인님이라 불리는 자는 직원의 눈치를 살피며 못 챙겨줘서 안달이고, 부하 직원은 부담스러운 표정으로 사양하기 바쁘다.

매력적인 외모를 가진 두 사람이었기에 사람들의 이목은 잠시도 이들에게서 떨어지지 않는다.

미묘한 분위기를 흘리며 옥신각신하는 두 사람의 곁으로 과도한 장신구로 전신을 치장한 요란한 복장의 젊은 남자 하나가 다가왔다.

"젊은 친구, 아름다운 숙녀에게 위압은 나쁜 것이라네."

느끼함이 녹은 치즈처럼 쩍쩍 달라붙는, 입맛을 떨어뜨리는 음성이다.

딕스는 소리가 들린 방향으로 시선을 돌렸다.

불편했던 속은 이 남자의 등장으로 더더욱 심사가 꼬인다.

'뭐지? 저 또라이는.'

그의 눈빛이 순간 제련한 검의 날처럼 예리해졌다.

5서클 마법사의 위엄을 발산해 그는 파리를 쫓고 있다.

레이첼에게 잘 보이기 위해 수작을 걸려던 남자는 딕스의 서슬에 놀라 순간적으로 오금이 저렸다.

이미 주위의 이목을 많이 끌었기에 이대로 물러설 수도 없었던 남자는 떨리는 몸을 주체하기 위해서 애썼다.

끝까지 버티는 남자를 보자 딕스는 이런 식으로는 안 되겠다 싶었다.

그때, 식당 안의 불이 일제히 꺼졌다가 곧바로 다시 켜졌다.

갑작스러운 정전에 웅성거리던 사람들은 놀란 마음을 진정하고 다시 딕스와 레이첼의 테이블로 시선을 던졌다가 허전함을 느꼈다.

과도한 장신구로 전신을 치장한 남자가⋯ 없어졌다.

"⋯⋯?"

레이첼이 놀란 표정으로 무언가를 찾으려는 듯 이리저리 고개를 돌린다.

몇몇 손님들도 그녀와 비슷한 행동을 했다.

오직 딕스만이 침착할 뿐이다.

"레이첼, 뭘 찾아?"

"아까 그 남자요. 분명 좀 전까지 저기 서 있었는데 없어졌잖아요, 주인님."

"그런 하루살이 같은 놈은 신경 쓰지 마, 레이첼. 그런 것들 일일이 신경 쓰고 살면 두통 생겨. 참, 식사 마치고 연극 보러 갈래?"

식사와 연극과 산책은 일반적인 연인의 데이트 코스다.

오래된 연인들은 여기에 하나를 더 추가한다.

데이트의 성지, 숙박업소!

딕스와 레이첼, 두 사람에게도 오래된 연인들의 성지가 예약되어 있다.

물론 두 사람의 성지는 1인 1실이다.

딕스는 바란다.

언젠가 하나의 문으로 함께 들어가고, 하나의 문으로 함께 나오는 그날을.

서로의 몸을 제 몸처럼 속속들이 알 그날을.

이를 위해서 딕스는 오늘도 밑밥을 열심히 투척하고 있었다.

번번이 좌절했지만 그럼에도 그는 이 일이 무척이나 즐거웠다.

"아뇨, 전 쉬고 싶어요, 주인님."

레이첼은 난처한 표정으로 그의 제안을 거절했다.

서늘한 그녀의 옆모습이 딕스의 심장을 베고, 한 치의 망설임도 없는 그녀의 거절이 그의 기대를 단숨에 쪼개 버렸다.

연극은 관람이다.

어떤 관객은 연극을 단순히 관람하는 것으로 끝내지 않는다.

연극을 보는 틈틈이 솔로들은 전혀 모를 커플들만의 훈훈한 공식 진도가 진행된다.

그걸 시도하려고 단단히 별렀던 딕스는 그녀의 단호한 거절에 아픔을 느꼈다.

그렇다고 여기서 곱게 물러서면 그건 인생을 네 맛도 내 맛도 없이 물처럼 사는 놈들과 다를 바가 없다.

그런 점에서 이 물의 마법사는 확실한 자기만의 맛과 색깔을 가진 인간이다.

"산책하자, 레이첼."

커플의 산책에도 공식이 있다.

딕스는 거절당한 연극 대신 산책을 통해서 꼭 만회하고 싶었다.

연애도 직장 생활처럼 임기응변이 필요하다.

딕스는 그녀의 말을 기다리지 않고 곧장 계산대로 가버렸다.

거절을 예상하고 있었기에.

레이첼은 그의 이번 제안도 막 거절하려던 참이었다.

하지만 그가 입구에서 손을 흔들며 빨리 오라고 하니 차마 '혼자 가세요!' 라고 말하지 못한다.

두 사람은 카르시고 시의 공원을 찾았다.

거미줄처럼 쭉쭉 뻗은 총 길이 1.5킬로미터의 구름다리로 유명한 공원이다.

두 사람이 걸을 때면 밀착되는 구조로 설계된 이 구름다리는 연인의 다리로도 불린다.

딕스의 목적은 바로 저 다리였다.

"산책로로 가시는 게… 주인님, 어?"

레이첼이 연못을 빙 둘러싼 산책로를 가리키며 말했다.

가로등이 드문드문 켜진 산책로도 분명 멋진 곳이다. 그러나 저 길은 가족 단위, 오래된 부부, 혹은 연애 일 년 차 이상의 연인들이나 걷는 완전 무미건조한 길이다.

레이첼이 딕스를 돌아봤을 때, 그는 이미 구름다리 위에 올라가 있었다.

"어서 와, 레이첼."

엉거주춤하게 서 있는 레이첼을 향해서 딕스는 손을 흔들며 힘껏 소리친다.

주위의 이목 때문에라도 가지 않을 수 없었다.

레이첼이 한숨을 쉬며 마지못해 구름다리로 간다.

둘은 자연스럽게 팔과 팔, 손과 손이 부딪히며 총 길이 1.5킬로미터의 구름다리를 왕복했다.

딕스가 그리 만들었다.

"업어줄까? 레이첼."

3킬로미터 내내 긴장하며 걸은 탓에 단단한 지면에 발을 딛자 몸이 절로 휘청이는 레이첼이다.

이를 보고 그냥 지나칠 리 없는 딕스다.

기회는 잡으라고 있는 것! 그는 재빨리 그녀에게 등을 보이며 권유한다.

"혼자 걸을 수 있어요. 저기 벤치가 보이는데 좀 앉았다 가요, 주인님."

딕스는 앉았다 가고 싶은 마음이 전혀 없었다.

그녀가 힘들어 할수록 업어줄 가능성이 점점 올라가기 때문이다.

하지만 레이첼이 진짜 힘들어 하는 것을 보자 차마 종용할 수가 없었다.

자신이 너무 서두르는 게 아닐까 싶기도 했다.

책에서는 분명 이렇게 하라고 적혀 있었는데 아무래도 자신이 못 본 내용이 있을지도 모른다.

아무래도 오늘 밤, 밤을 새워서라도 안드로메다의 연애서를 다시 봐야 할 듯하다.

남자란 동물은 일단 깃발을 꽂아야 안심하는 단순한 종족이다.

고로 지금 딕스는 불안정한 시기다. 남자로서.

꽂아야 하는데… 꽂아야 하는데…….

딕스의 뇌를 지도라 여기고 펼쳐 본다면 삼분의 이가 오직 그 생각으로 꽉 차 있다.

그리고 나머지 삼분의 일에 겨우 임무에 관계된 일과 기타 잡다한 것들을 욱여넣었다.

'비가 내리면 딱 좋을 타이밍인데.'

삼 년 가뭄에 찌든 농부의 절박한 심정으로 간절하게 밤하늘을 올려다보는 딕스.

우르르르, 쿠르릉, 번쩍!

딕스의 간절함이 하늘을 감동시켰다.

쏴아아아아악!

'브라보!'

역시 리안 부족 연합의 방언은 입에 착착 감긴다.

결론부터 얘기하자면 딕스의 브라보는 그냥 브라보로 끝났다.

레이첼의 준비성이 철저해도 너무 철저했기 때문이다.

비 올 기미 하나 없는데도 우산을 준비해 온 레이첼.

비를 계기로 그녀와의 진도를 크게 나아가려 했던 딕스의 소망은 그대로 물거품이 되고 말았다.

뮬 공국의 국경을 넘은 딕스는 리안 부족 연합에 들어섰다.

그제야 임무에 대한 무게와 긴장감이 그의 피부에 와 닿는다.

"레이첼, 여기서 기다리고 있어."

딕스는 마차에 레이첼을 남겨둔 뒤 숲으로 들어갔다.

10분여를 안쪽으로 들어간 그는 그제야 걸음을 멈추었다.

잠시 후 그의 앞으로 그림자 하나가 뚝 떨어진다.

이를 이미 알고 있었기에 딕스는 놀라지 않았다.

공국의 정보 조직 검은 부엉이.

딕스는 공주에게서 리안 부족 연합 내에서 활동하는 검은 부엉이의 임시 통솔권을 부여받았다.

"전격의 파울이 놈들과 접촉했다고 합니다, 딕스 님."

리안 부족 연합은 성물인 피닉스의 왕관이 사라진 이후, 원로원이란 기관이 권력을 행사해 왔다.

문제는 이 원로원이란 정치 단체가 굉장히 배타적이라는 점이다.

그들은 기존에 등록된 부족 외에는 그 어떤 부족도 연합의 일원으로 인정하려 들지 않았다.

이에 반발하면 그 부족은 대부족의 먹잇감이 된다.

멸족되느냐, 흡수되느냐!

둘 중 하나가 그들에게 주어진 가혹한 운명이다.

이렇다 보니 소수 부족은 울며 겨자 먹기로 연합에 등록된 부족의 산하로 들어갈 수밖에 없었다.

멸족을 피하는 길은 오로지 그뿐이기에.

그런데 성물이 등장했다.

원로원과 연합에 소속된 부족들은 대족장 제도를 과거의 유물로 남기길 원했다.

근거를 남기기 위해서 다수결의 원칙에 따라 이 의제를 통과시켰다.

기득권층을 위한 의제였기에 소수 부족은 크게 반발했다.

대족장 제도의 부활은 박해받던 소수 부족에겐 새로운 기회였기에.

이를 파악한 제국은 불만 가득한 소수 부족을 격동시키려 하고 있었다.

소수 부족이 봉기하면 연합 전체가 흔들리고, 리안 부족 연합이 흔들리면 뮬 공국이 주도한 동맹 전체가 무산될 수도 있었기에.

그래서 딕스가 맡은 임무는 굉장히 중요한 것이다.

"파울의 동태는 어떻습니까?"

딕스는 파울에게 접근해 그를 통해 제국의 움직임을 파악, 분석, 무산시킬 계획이었다.

이 일을 성사시키기 위해서 뮬 공국은 검은 부엉이가 보유한 전투력의 삼분의 이를 리안 부족 연합에 집중 배치했다.

임시이긴 하나 이들의 지휘권을 딕스가 갖고 있었다.

이는 열여섯 살 소년이 감당할 수 없는 막강한 권력이다.

그만큼 딕스에 대한 공주의 신뢰가 크다는 뜻이기도 했다.

"현재까지 이렇다 할 움직임은 없습니다."

"흠, 그럼 야니시아의 카티온 족장은 이 사실을 알고 있나요?"

뮬 공국과 국경을 직접 맞대고 있는 부족 야니시아.

이 부족은 최근까지 권력을 둘러싼 이복형제 간의 전투가 치열했으나 지금은 전 족장의 유지가 이루어져 다소 잠잠해진 상태였다.

어쨌든 곤란한 상황을 잘 이겨내고 족장에 오른 이가 바로 카티온이다.

전격의 파울은 카티온의 반대파를 도운 전력이 있었다.

그럼에도 불구하고 현 야니시아의 족장 카티온은 파울을 쳐 내지 못했다.

갓 족장이 된 그가 감당하기에는 파울이 가진 힘이 지나치게 거대했기 때문이었다.

"설사 알고 있더라도 야니시아의 족장은 쉽게 움직이지 못할 것입니다. 지난 내전으로 야니시아 부족은 안정기가 필요합니다. 더욱이 파울은 리안 부족 연합에서도 다섯 손가락 안에 들어가는 강자입니다."

"그 말은 내가 파울의 속내를 직접 봐야 한다는 말이군요. 음."

"야니시아의 족장이 공국이 파울과 접촉했다고 오해한다면 이도 위험한 상황입니다. 이 점도 고려하셔야 합니다, 딕스님."

한마디로 딕스는 살얼음 위를 걷는 것처럼 매사를 조심해야 한다는 의미였다.

파울도 직접 대면해야 하고 족장의 오해도 피하면서 오직 제국의 음모만 콕 짚어서 분쇄해야 한다.

"공주님께 이미 들어 알고 있습니다. 당분간 제국 첩자들의 행적만 전력을 다해 조사해 주세요. 전 파울을 만나 그의 속내와 놈들에 대한 정보를 얻을 수 있나 알아보겠습니다."

만일 파울이 제국의 뜻에 따라 움직인다면, 그들과 손을 잡았다면…….

'…최악의 상황이겠군.'

걱정과 답답함이 딕스의 마음을 무겁게 짓누른다.

만약 파울과 자신이 싸운다면? 과연 누가 이길까? 5서클의 마법사에게도 소드마스터는 두려운 존재다.

야니시아 부족의 그늘에서 명맥을 유지하고 있는 자이라 부족은 왕국으로 치면 독립심이 강한 영지쯤으로 보면 된다.

그중 특히 강한 영지의 주인이 바로 전격의 파울이었다.

소드마스터를 수장으로 둔 부족임에도 현실은 대외적으로 제 이름을 말할 수 없는 비운의 부족이기도 했다.

딕스는 개인의 자격으로 전격의 파울을 방문했다.

그렇다 보니 자잘하게 거쳐야 할 절차들이 꽤나 많았다.

그 모든 복잡한 절차를 거친 딕스는 자이라 부족의 권역으로 들어설 수 있었다.

파울의 저택은 기능적인 면을 강조한 곳이었다.

정원에 그 흔한 분수 하나, 연못 하나 없다.

전체적인 이미지는 마치 전쟁이 한창인 요새의 내부를 보는 느낌이었다.

"면회 온 기분이 드네요, 주인님."

레이첼 역시 딕스와 비슷한 느낌을 받았는지 위축된 표정으로 주변을 두리번거리며 말했다.

딕스는 그녀에게 신사다.

신사라고 함은 즉, 따뜻하고 자상한 남자라는 뜻이다.

딕스가 페논의 '그' 딕스가 아니었다면 두 사람의 관계는 이곳으로 오는 동안 굉장히 깊어졌으리라.

하지만 그가 페논의 딕스였기에 레이첼은 그에게 몸과 마음의 문을 열지 못했다.

아니, 주저했다는 표현이 적당할 것이다.

그녀에게서 주저라는 감정까지 끌어내기 위해서 딕스는 그간 무진 애를 썼다.

노력에 대한 결실이라고 봐야 한다.

"사부님의 성격이 좀 남다른 구석이 계시지. 그래도 좋은 분이셔."

전격의 파울이 좋은 분이라고 딕스는 제 입으로 말했다.

하늘이 바다가 되고, 바다가 하늘이 되는 기적이 일어난 것이다.

하지만 여기엔 어쩔 수 없는 이유가 있었다.

물의 척후가 엿듣는 자가 있음을 일찍부터 그에게 보고했기 때문이다.

이곳은 전격의 파울이 신처럼 대접받는 곳이다.

말 한마디, 행동 하나하나 조심해야 한다.

남녀가 도란도란 이야기를 나누는 사이 벽에 난 미세한 구멍이 감쪽같이 사라졌다.

'이건 파울의 성격이 아닌데. 감시라니⋯⋯.'

아가리를 벌린 호랑이 입에 스스로 걸어 들어온 기분이 물씬 들었다.

그가 경계심의 강도를 한층 높이고 있을 때, 하인을 앞세운 미모의 젊은 여성이 안으로 들어왔다.

딕스는 순간 젊은 여성의 얼굴에서 파울을 보았다.

젊은 여자는 얼굴을 살짝 붉히며 딕스에게 호감을 내보였다.

반대로 레이첼을 향해서는 못마땅한 기색을 역력하게 드러냈다.

'파울에게 딸이 있었다고 했지. 저 여자인가?'

검은 부엉이를 통해 파울의 주변인들에 대한 정보는 이미 입수한 상태다.

그러니 파울의 외동딸을 딕스가 모를 리 없었다.

얼굴은 본 적 없지만 아버지와 판박이인 외모는 누가 봐도 파울의 딸임을 알 수 있었다.

눈치챘지만 그는 아무것도 모르는 척 행동했다.

전격의 파울에게는 딸이 하나 있다.

그녀의 이름은 시모나로 그녀는 딕스보다 세 살 많았다.

시모나는 얼마 전에 돌아온 부친에게서 딕스에 대한 이야기를 들을 수 있었다.

그리고 부친이 그 사람을 자신의 짝으로 생각하고 있음을 알게 되었다.

이는 단 한 번도 없던 일이었다.

안목이 까다롭고 좀처럼 남을 인정하지 않는 부친이었기에 시모나의 놀라움은 컸고, 딕스란 사람에 대한 호기심을 내내 마음속에 담고 있었다.

그러던 차에 운명처럼, 마법처럼 딕스가 등장했다.

시모나는 아버지가 드디어 자신의 신랑감으로 내정한 남자를 불렀다고 여겼다.

그녀는 그를 만나기 전 응접실의 벽을 통해 그를 몰래 관찰했다.

남자는 굉장히 잘생겼고 분위기도 멋졌다.

일단 외모만으로는 머리부터 발끝까지 시모나의 마음에

들었다.

단 하나 걸리는 것은 같은 여자가 봐도 질려 버릴 만큼 예쁜 그의 여비서였다.

이 점이 완벽해 보이는 남자의 유일한 결점이었다.

"사부님께서 출타하셨다고요?"

시모나는 레이첼을 빼버리고 딕스와 함께 이 저택에서 그나마 사치를 부린 동쪽 정원에 나와 있었다.

아버지가 집에 없다는 말을 듣자마자 실망감을 보이는 딕스의 얼굴을 보았다.

시모나는 그가 자신의 아버지를 끔찍이 위한다는 생각이 들었다.

이는 딕스에 대한 그녀의 호감을 높이는 계기가 되었다.

여전히 레이첼이란 여비서가 마음에 걸리긴 했지만.

"며칠 후면 오실 겁니다, 딕스 님."

딕스는 꿈에도 모르리라. 전격의 파울이 딸에게 자신을 어찌 이야기했으며 그 이야기를 듣고 딕스를 바라보는 시모나의 마음이 어떠한지를.

'왜 자꾸 날 훔쳐보는 거야? 사람 민망하게.'

쳐다보려면 당당히 보든가, 아니면 아예 보지를 말든가.

안 보는 척하면서 흘끔거리는 그녀의 시선이 딕스는 여간 부담스럽지 않았다.

그렇다고 이를 딱 꼬집어 따지기에는 상대방이 무안할 것이 뻔해 불만을 삼키며 이를 모른 척했다.

미녀라는 말을 귀에 딱지가 앉도록 듣고 자란 시모나였다.

자신의 미모에 그녀는 늘 자신이 있었다.

그런데 레이첼을 보고 난 후 미모에 대한 시모나의 자신감은 무참하게 꺾였다.

레이첼의 외모는 사람의 것이 아닌 듯했다.

그래도 첫 번째 부인은 자신이 되리라고 그녀는 내심 믿고 있었다.

리안 부족 연합은 대륙에서 유일하게 일부다처제가 법적으로 허용되는 곳이다.

첩이라든가 서자의 개념이 이곳에선 아예 존재하지 않는다.

남자가 능력만 되면 열 명이든 백 명이든 합법적으로 아내를 맞이할 수 있다.

이미 외모에서 한 수 지고 들어간 시모나의 질투는 첫 번째 아내 자리를 내주지 않는 것에만 국한됐다.

여비서? 표면상이리라 단정 짓고 있는 시모나였다.

"그렇군요. 그런데 오면서 보니 야니시아의 입국 절차가 굉장히 까다롭더군요. 내전의 영향이 아직 가시지 않았나 봅니다."

"딕스 님은 외인이 아니시니까 말씀드릴게요."

리안 부족 연합에서 사부는 곧 양부라는 개념으로 통한다.

따라서 시모나의 말에 딕스는 거부감 없이 고개를 끄덕였다.

그러나 그는 모르리라.

자신의 이 긍정적인 태도가 시모나의 가슴에 무엇으로 남는지를 말이다.

"듣겠습니다, 시모나 양."

딕스는 그녀를 향해 부드럽게 웃어주었다.

그의 이 웃음이 시모나를 설렘에 빠뜨린다.

콩닥콩닥.

제 심장의 떨림을 진정시킨 시모나는 좌우를 돌아본 후 나직한 목소리로 말했다.

"아, 아버진 마인을 상대하러 가셨습니다, 딕스 님."

근심만큼이나 아버지에 대한 믿음이 시모나의 얼굴에 가득했다.

하긴 파울의 실력이면 어지간한 마인은 명함도 내밀지 못한다.

시모나의 어감과 표정에서 이를 느낀 딕스는 그녀의 말에 깊은 동의를 표했다.

'마인이라… 위험한 존재가 등장했군. 그럼 올 때까지 여기서 기다려야 하는 건가.'

딕스는 마인을 한 번도 본 적이 없었다.

그저 소문으로만 들었을 뿐이다.

대단히 난폭하고, 엄청나게 비상식적이며, 굉장히 위험한 존재.

　이것이 마인에 대한 딕스의 상식이었다.

　마인이란 깨달음의 벽에서 심마를 만나고 그 심마에 패한 자들을 통칭한 것이다.

　이 때문에 그들의 성격은 사악하고 괴팍하다.

　평범한 자들은 상대할 생각도 할 수 없을 만큼 강력한 힘을 지닌 데다 정신적인 문제까지 있다.

　마인이 정상일 리 없다.

　놈들이 어디에 나타나든 하등 이상할 게 없다.

　문제는 하필 자신이 중요한 임무를 처리해야 할 장소에 마인이 나타난 것이다.

　"마인에 대한 이야기는 못 들었는데."

　"야니시아는 아직 민심이 안정되지 않았어요. 이런 상황에 마인이 나타났다면 어찌 되겠어요. 다들 쉬쉬하고 있습니다."

　딕스에게 잘 보이고 싶은 마음에 시모나는 표정과 말씨를 예쁘게 하려고 애썼다.

　그녀의 이러한 노력은 딕스에게 전달되지 않았다.

　"마인의 정체는 알고 있습니까?"

　"쌍마라고 들었습니다, 딕스 님."

　시모나의 말에 딕스는 의혹을 금치 못했다.

쌍마는 일란성 쌍둥이로, 한 명은 소드마스터이고 다른 한 명은 마법사다.

전투 조합 중 최강이라 불릴 수준이다.

더욱이 일란성 쌍둥이니 손발도 척척 맞을 것이다.

전격의 파울이라도 쉽게 상대할 수 있는 적은 아니다.

쌍마… 알려지기로 그들은 이제까지 제국 내에서만 활동했다.

한데 뜬금없게도 그들이 머나먼 리안 부족 연합에 나타났다.

이를 단순하게 볼 것인지, 아니면 음모론적 시각으로 바라볼 것인지 아직 판단하기엔 이르다.

한 가지 분명한 것은 때마침 닥친 이 상황이 그저 평범한 일은 아니리라는 예감이다.

"사부님이 홀로 쌍마를 상대하는 것입니까?"

"상급의 전사들과 함께 출전하셨습니다."

쌍마에 대해 시모나도 알고 있는 듯 그 표정이 썩 좋지만은 않았다.

그래도 제 아비에 대한 믿음이 컸기에 그러한 내색은 노골적이지 않았다.

딕스는 걱정이 클 텐데도 차분하게 중심을 잡고 있는 시모나가 대단하게 보였다.

만약 자신의 아버지였다면 절대 저처럼 침착할 수 없었으리라.

잠시 시모나가 달리 보이는 딕스다.

"제가 안 좋을 때 방문했군요."

"아니에요. 딕스 님이 어디 남인가요. 언제든 환영합니다."

시모나는 도톰하고 빨간 입술로 제 엄지 끝을 살짝 깨문다.

그녀의 무의식적인 이 행동은 대개의 남자들의 욕망에 기름을 부어 활활 타오르게 한다.

딕스는 이를 보지 못했다.

아니, 봤더라도 그는 흔들리지 않았을 것이다.

지금 그에게 존재하는 여자는 레이첼 하나밖에 없었기에.

"감사합니다, 시모나 양."

어쩔 수 없이 파울이 돌아올 동안 딕스는 그의 저택에 머무르기로 했다.

며칠 기다리는 것쯤이야 문제가 되지 않는다.

문제는…….

'레이첼과 내 방을 왜 이렇게 멀리 떨어뜨려 놓은 거야?'

레이첼의 방은 딕스가 쉽게 찾아갈 수 없는 위치에 있었다.

그녀의 방이 시모나의 바로 옆방이었기에.

"이건 아니지 싶은데."

그래도 어쩌겠는가.

이 집의 주인은 그녀인데.

쌍마를 격퇴하기 위해 출동한 전격의 파울.

실상 그는 전투 한 번 치르지 않고 숲에서 누군가와 대면하고 있었다.

특이하게도 큰 후드로 얼굴을 가린 자였다.

이자의 뒤에 두 명의 남자가 서 있었는데, 그들에게서 흘러나오는 기운이 참으로 예사롭지 않았다.

'저들이 쌍마로군. 대체 저들을 어찌 수하로 거두었을까?'

겉으로 드러난 파울의 태도는 담담했다.

그의 속내는 이와 달리 결코 평온하지가 않았다.

호기심과 의문, 그리고 승부욕이 난마처럼 그의 속에서 날뛰었다.

수양이 깊은 파울은 이를 끊어버렸다.

싸움은 늘 최악의 경우에 하는 법이다.

더욱이 상대의 전력을 전혀 모르는 이상 더욱더 신중할 필요가 있었다.

"반갑습니다. 당신의 명성은 익히 들었습니다. 만나 보니 명성이 오히려 부족하군요, 파울 님."

후드의 남자가 말했다.

말의 내용과 달리 그의 목소리는 굉장히 무미건조했다.

감정이 조금도 느껴지지 않는 기계적인 목소리.

겉모습만큼이나 특이한 느낌의 남자라는 것은 확실하다.

"그대가 나를 보자고 한 것인가? 청했으면 당당히 얼굴을 보여야 하지 않나?"

파울의 목소리에는 의도한 불쾌감이 담겨 있었다.

이에 강렬함을 더하기 위해서 동시에 목소리에다 마나를 실어 보냈다.

평범한 자들이라면 결코 감당할 수 없는 힘이 그 안에 실려 있었다.

한데도 의문의 후드를 쓴 남자는 이를 가볍게 흘려 버렸다.

'기사는 아니다. 마법사인가?'

파울의 도발적인 행위에 오히려 쌍마가 반응했다.

그들의 눈빛과 전신에서 거센 기운이 부풀어 올라 거미줄처럼 사방으로 쭉 뻗어나갔다.

마스터와 마법사는 누구보다 마나에 민감한 자들이니 이는 당연한 일이다.

강력한 능력자들의 전투에서 선제공격은 승패를 좌우하는 법이다.

파울은 쌍마의 기운에 일부러 자신의 기운을 충돌시켰다.

상대의 실력을 파악하기 위함이다.

그 마음 한쪽에는 약간의 호승심도 들어 있었다.

어디 가서 이런 실력자들을 만나볼 것인가.

이는 파울 개인에겐 기회이기도 했다.

거센 기운들이 충돌하자 숲이 몸살을 앓았다.

둥지에 앉은 새들이 비명을 지르며 푸드덕 날아오르고 풀숲의 작은 짐승들이 사방으로 달아났으며, 곤충들이 하얗게 질려 소리를 죽였다.

후드의 남자가 자신의 마나를 이용해 중재에 나섰다.

이는 결코 쉽지 않은 중재 방식이다.

강한 기운이 부딪치는 가운데 나서면 자칫 자신이 크게 상할 수 있다.

한데 이 남자는 파울과 쌍마의 기운이 충돌하는 핵을 놀랍도록 정확하게 짚어 풀어버렸다.

그의 행동에 파울은 몹시 놀랐다.

'목소리를 들어보면 고작 이십 대다. 어찌 저 나이에 나와 쌍마의 기운을 이처럼 쉽게… 두려운 젊은이다.'

파울은 난생 처음 가슴을 서늘하게 만드는 존재를 만났다.

마음이 무거워진 파울을 향해 후드 남자가 예의 바른 음성으로 사과한다.

"죄송합니다. 숨겨야 할 부분이 많은 몸이라서요. 일단 이리 나와주셔서 감사드립니다. 그럼 본론으로 들어가겠습니다. 들러야 할 곳이 비단 여기만 있는 것이 아니라서. 이해 바랍니다."

네가 아니라도 나의 대안은 얼마든지 있다!

공손한 태도를 취하고 있지만 후드를 뒤집어쓴 남자의 어감은 사뭇 거만했다.

평소의 파울이었다면 자존심이 상했을 것이다.

앞서 후드 남자의 실력을 보았기에 그는 화를 억누르며 참았다.

쌍마뿐이라면 얼마든지 몸을 빼낼 자신이 있었다.

문제는 저 의문의 후드 남자 앞에서는 전격의 파울조차 이러한 확신이 들지 않았다.

'나를 주저하게 만들다니… 딕스 녀석과는 또 다른 느낌이구나.'

제자의 모습이 잠시 파울의 망막을 스친다.

그를 생각하자 기분이 한결 나아진 파울이다.

비타민 딕스.

"제국의 배짱인가? 후후, 좋군. 그래 말해보라. 자이라의 미래를 밝혀줄 제국의 제안을. 진심으로 경청하겠다."

전격의 파울, 그의 목표는 야니시아 부족의 그늘에 갇혀 살면서 점차 제 색을 잃어가고 있는 자이라의 미래였다.

현재는 자신이 버티고 있어 자이라 부족이 그나마 야니시아에 제 목소리를 내고 있지만, 자신이 사라진다면 자이라는 다른 소수 부족처럼 제 문화와 색깔과 권리를 잃고 그들에게 흡수되어 버릴 것이다.

자이라 부족의 소멸.

파울이 제일 경계하는 부분이다.

소부족들의 자부심을 파악하고 있는 제국이 노리는 점이 바로 이것이었다.

"기회를 주시니 감사히 쓰겠습니다, 파울 님."

제2장

파울의 고민!

'왔군.'

자정을 훌쩍 넘긴 시간, 잠자리에 들었던 딕스는 파울의 기운을 감지했다.

파울 역시 딕스의 존재감을 느낀다.

파울은 마스터의 기술 중 하나인 육감 각인에 의해, 딕스는 습관처럼 늘 가동 중인 물의 척후를 통해서다.

아무튼 둘은 서로의 기척을 알아챘지만 늦은 시간이라 찾거나 만나러 가지 않았다.

잠자리에 들면 숙면을 취하던 딕스는 이날은 내내 뒤척이다 늘 일어나는 새벽 4시에 어김없이 깼다.

그는 깨자마자 옷을 차려입고 파울을 찾아 나섰다.

저택의 구조는 뛰기에 적당해 보였지만 남의 집이다 보니 자신의 집에서처럼 막무가내로 뛸 수가 없었다.

'파울도 일어났군.'

물의 척후의 보고를 듣고 딕스는 파울이 있는 곳으로 향했다.

파울 역시 딕스가 자신을 찾으러 오는 것을 알고 있었다.

"왔느냐."

파울은 새벽 수련을 준비하기 위해 가볍게 몸을 풀며 담담히 그를 맞았다.

고요해 보이는 모습 아래 파울의 내심은 놀라움으로 크게 흔들리고 있었다.

못 본 사이 달라진 딕스의 기운이 파울을 놀래게 만든 것이다.

딕스는 고개를 꾸벅 숙인 뒤 몸풀기를 따라 하며 말했다.

"시모나 양에게 들었습니다. 골칫거리들이 나타났다고 하던데요. 처리하셨습니까?"

딕스가 밤새 뒤척인 것은 비단 파울 때문만은 아니었다.

파울이 처리하러 갔다는 쌍마 웜슨과 웜마 형제 문제가 마음에 걸린 탓도 크다.

파울이 돌아왔다는 것은 그가 쌍마를 처리했거나, 혹은 쫓아냈거나 둘 중 하나가 된다.

파울의 경지가 예사롭지 않음을 딕스는 알고 있었다.

현장에서 직접 그의 깨달음을 체감했으니 누구보다 파울에 대해 잘 안다고 자부할 수 있다.

그날을 떠올리면 아직도 몸 깊은 곳이 떨릴 만큼 강렬한 경험을 잊을 수 있을 리 없다.

"그 아이가 입이 가볍지 않은데. 흠, 네가 마음에 들었나 보구나."

파울의 말에는 깊은 의미가 담겨 있었지만 딕스는 이를 전혀 알아차리지 못했다.

현재 그의 관심은 두 가지에 집중되어 있어 다른 데 신경쓸 여력이 없었다.

하나는 제국에서 보낸 자.

또 하나는 파울에게 질문을 던진 승패의 결과였다.

"좋게 보아주시더군요."

"달리겠느냐?"

"그러려고 나왔습니다. 남의 집이라서 실례가 될까 해 망설였었죠."

"아니다."

파울의 뜬금없는 대답에 딕스는 영문을 모르겠다는 표정으로 고개를 갸웃거렸다.

대체 뭐가 아니라는 말일까?

모르니 묻는 수밖에.

"무슨 뜻인지……?"

"남의 집이 아니다. 네 집이기도 하다."

"…하하. 어떻게 사부의 집과 제 집이 같을 수 있습니까? 부모 자식 사이에도 재산 관계는 명확해야 하는 법입니다."

사실 파울의 말은 딕스의 귀를 즐겁게 했다.

이 저택은 공국 수도에 있는 딕스의 저택보다 족히 네 배는 넓다.

이곳의 땅값이 공국 수도의 땅값보다 적다 하더라도 환산해 보면 만만치 않은 금액이다.

훗날 파울이 이 저택을 자신에게 주겠노라고 유언을 남긴다면 두 번 생각하지 않고 덥석 받을 것이다.

지금은 파울이 싱싱하게(?) 살아 있으니 그와 연관되는 것들은 가급적이면 사양하고픈 딕스다.

"독립심은 좋은 것이지."

제자를 어여삐만 보는 참으로 너그럽고 좋은 사부다.

"저에 대한 사부님의 애정도 잊지 않겠습니다."

"가볍게 스무 바퀴만 돌자꾸나."

스무 바퀴… 말이 스무 바퀴지 실제 거리로 따지면 50킬로미터다.

딕스는 순간 자신의 귀를 의심했다.

파울은 어느새 저만치 달려가고 있었다.

속으로 투덜거렸지만 파울의 뒤를 따르는 딕스의 표정은

담담했다.

파울은 딕스와 보조를 맞추어 나란히 뛰었다.

함께 뛰는 그들의 모습은 다정한 부자를 연상시킨다.

이를 본 저택의 병사들과 일꾼들은 다들 그리 생각했다.

"마법사의 호흡법이냐?"

저택을 다섯 바퀴 돌았을 때쯤 파울이 딕스의 호흡법에 대해 물었다.

"집안에서 내려오는 호흡법입니다."

"아버님은 무얼 하시느냐?"

"기사이십니다."

"기사라… 그럼 네가 하는 호흡법이 기사의 호흡법이더냐?"

딕스는 파울이 자신의 호흡법에 관심을 가지자 의아했다.

과거 딕스의 가문은 강력한 기사들을 꽤나 많이 배출했다.

지금은 이 마나 호흡법을 통해 배출된 진정한 기사, 즉 소드 익스퍼트는 단 하나도 없었다.

벌써 5대째다.

그래서 딕스는 가문에 전해 내려오는 마나 호흡법을 삼류라 여기고 있었다.

꾸준히 노력했는데도 좋은 결과를 만들지 못했으니 그리 생각하는 것도 당연하다.

"예, 뭐, 삼류죠."

퉁명스러운 말투는 가문의 마나 호흡법을 하찮게 취급하는 듯했지만 그의 속내는 안타까움과 씁쓸함이 더 컸다.

자신이 익힌 마나 호흡법에 대한 부친과 돌아가신 할아버지의 애착을 알기 때문이다.

지금도 딕스의 부친은 단 하루도 빼먹지 않고 마나 호흡법을 수련했다.

"삼류와 일류를 무엇으로 구분 짓느냐?"

"……?"

"마나 호흡법엔 구분이 없다. 일류와 삼류를 나누는 기준이 무엇이더냐? 굳이 구분한다면 그것을 수련하는 자의 노력과 자질을 들 수 있을 게다."

딕스는 속으로 파울이 이미 경지에 들었으니 그와 같은 소리를 하는 것이라고 생각했다.

딕스 역시 마법부의 선배들이 자신이 이미 지나온 길을 밟기 위해 애쓰는 것을 보았다.

그들과 같은 위치에 있었을 때는 잘 몰랐는데, 경지에 들어 그들의 모습을 보니 조언 몇 마디 해주고 싶을 때가 종종 있었다.

문제는 백날 조언해 봐야 그들의 귀에는 하루 세 끼 먹는 자가 삼 일에 한 끼 먹는 자에게 한 끼 정도 굶어도 살 만하다고 말하는 것과 다를 바가 없었다.

그러니 조언을 해줘도 상대는 배부른 자의 헛소리쯤으로

여긴다.

"아, 그렇군요."

파울의 말에 딕스는 반박하지 않았다.

굳이 그의 말을 반박해 기분을 거슬리게 하고 싶지가 않았다.

아쉬운 건 자신이지 파울이 아니다.

하나라도 그에게 잘 보여서 정보를 얻어야 한다.

"딕스야."

"예."

"호흡하는 동안 네 몸의 상태를 자세히 들여다보아라. 길은 의외로 쉬운 곳에 있는 법이다."

여태껏 딕스는 파울의 말에 귀 기울이지 않고 벽을 쌓고 있었다.

그런데 파울의 이 말이 충차처럼 세차게 들이쳐 그 벽을 단숨에 허물어뜨리고 말았다.

파울은 여전히 뛰고 있었다.

딕스는 뛰지 못했다.

마치 석상이 되어버린 듯했다.

'호흡과 내 몸의 상태… 내 몸의 상태…….'

사람마다 체형은 제각각이다.

맞지 않는 옷을 입으면 당연히 몸이 불편해진다.

이 간단한 이치를 알고 있으면서도 딕스는 이제껏 이를 눈치채지 못했다.

가문의 마나 호흡법!

중요한 것이 빠졌다고 여겼다.

그래서 변변한 기사 하나 배출하지 못하는 삼류라 여겼다.

한데 당연한 기초 중에 기초를 잊고 있었다.

파울은 딕스에게, 아니, 그의 가문에 큰 은혜를 베풀었다.

'…빚을 진 건가?'

작아지는 파울의 등을 바라보는 딕스의 표정이 씁쓸하게
변한다.

인정하고 싶지 않은 사부였다.

필요에 의해서, 자신이 편하고자 맺은 인연일 뿐이었다.

한데 지금 그 인연으로부터 값진 가르침을 받았다.

딕스 본인에게는 크게 해당 사항이 없지만 기사의 길을 가
는 그의 아버지와 형들에겐 이보다 값진 보석이 없다.

거의 50킬로미터에 이르는 거리를 달린 딕스와 파울은 멀
쩡한 모습으로 시모나가 준비한 아침을 받았다.

이 자리엔 레이첼도 동석했다.

레이첼을 처음 본 파울이 그녀의 외양을 보고 선조 중에 엘
프가 있느냐고 한마디 던진다.

사부의 참신한 멘트에 딕스는 웃지 않을 수 없었다.

"네 여자냐?"

식탁의 분위기를 부드럽게 만들어준 파울이 의미심장한 눈으로 딕스를 보며 물었다.

레이첼이 당황해 두 눈을 토끼처럼 떴고, 시모나는 긴장한 기색으로 딕스의 입만 바라보았다.

파울은 이 모든 움직임을 놓치지 않고 보고 있었다.

특히, 제 딸의 반응을.

딕스는 당황한 레이첼을 응시했다.

곤란한 기색이 역력한 레이첼에 비해 딕스의 눈빛은 확신으로 가득 차 있었다.

그는 힘이 담긴 단호한 어조로 말했다.

"지금은 아닙니다. 하지만 반드시 제 여자가 될 겁니다, 레이첼은."

공식적인 프러포즈다.

레이첼의 얼굴이 용암처럼 뜨거워졌다.

그것은 부끄러움을 느껴서가 아니었다.

그가 자신을 대외적으로 떳떳하게 소개하고 있음에 감동했기 때문이었다.

반면 시모나의 표정은 쓸쓸함과 안타까움으로 물들었다.

실망한 딸의 모습을 바라보는 파울이 가만히 한숨지었다.

"레이첼 양은 남자로서 놓치기 싫은 여자지. 하지만 첫 번째 부인은 미모보다 성품과 지혜를 보아야 한다. 우리 부족에 이런 말이 있다."

"……?"

"거북이의 안정감과 여우의 지혜를 가진 여자에게 살림을 맡겨라."

맥락 없는 파울의 이야기는 딕스에겐 뜬금없는 소리였다.

하지만 식전 운동 중에 그에게서 큰 가르침을 받았기에 이 말에도 분명 의미가 있을 것이라 생각하곤 가슴에 깊이 새겨 두었다.

'엘리자베스 공주님을 두고 나온 말 같군.'

가슴에 새겨 보니 문득 엘리자베스 공주가 떠오른다.

파울은 자신의 딸을 지원하기 위해 꺼낸 말이지만 그 결과는 딕스에게 엉뚱한 이를 생각나게 만들었다.

문제는 엘리자베스 공주라는 존재다.

그녀의 존재감은 딕스에게 여자라는 느낌보다는 든든한 아군, 혹은 동지였다.

여자로 본 적도 있었지만 딕스는 공주와 자신에게는 건너서는 안 될 강이 있다고 생각하고 있었다.

"좋은 말씀입니다, 사부님. 하하."

"그리 생각한다니 다행이구나."

의미심장하다.

딕스는 파울의 그 의미심장한 말투를 전혀 눈치채지 못했다.

레이첼만이 파울의 말뜻을 알아차렸다.

시모나를 바라보는 레이첼의 눈빛이 복잡해진다.

그 눈길을 거둔 레이첼이 이번엔 딕스를 바라본다.

그녀를 바라보는 딕스의 시선에는 흔들림이 없다.

그제야 레이첼은 안도의 한숨을 내쉬었다.

그러다 이중적인 자신의 태도에 씁쓸함을 느끼고는 곧 고개를 푹 숙였다.

아침 식사는 그렇게 끝이 났고, 딕스는 파울을 찾아온 용무를 해결하기 위해 그에게 면담을 신청했다.

당연히 파울은 거절하지 않았다.

"쌍마는 어찌 되었습니까? 보셨습니까?"

힘 꽤나 쓴다는 십 대의 소년들은 대부분 제 힘을 과신해 호전적이며 호기심이 왕성하다.

딕스 역시 혈기 왕성한 십 대의 호기심을 버리지 못하고 물어온다.

남자의 호전성을 적극 장려하는 이가 바로 파울이다.

그리고 눈앞의 제자는 이것이 아니더라도 질문할 자격을 충분히 갖추고 있었다.

그는 이미 강자!

파울은 딕스를 소년이 아닌 한 사람의 사내로서 대했다.

이는 사부와 제자의 사이를 떠나서 강자를 향한 파울의 예의다.

"만나보았다. 예사롭지 않은 자들이었지."

"제가 볼 때 사부께선 그들과 싸우시지 않은 것 같습니다."

마인은 제어가 안 되는 골칫거리다.

그 골칫거리를 제어할 수만 있다면 이는 대륙의 역사를 새로 쓸 엄청난 일이 될 것이다.

마스터와 마법사로 이루어진 마인들 중에서도 거칠게 활동하는 자들이 있는가 하면, 폐쇄적으로 활동하는 자들도 있다.

그중 쌍마는 중간을 달리는 자들이라 보면 된다.

딕스는 마인과 제국의 관계를 의심하고 있었다.

놈들이 나타난 시기가 지나치게 적절(?)했기 때문이다.

자고로 새로운 권력의 탄생은 혼란 중에 발생한다.

쌍마의 등장은 리안 부족 연합에 혼란을 일으키고 싶은 제국의 입맛에 딱 맞아떨어지는 패였다.

난공불락인 마인을 제국이 어떻게 움직였는지가 의문이었다.

"싸우지 않았다."

파울의 대답은 딕스에게 깊은 의문을 주었다.

미치광이 마인들을 상대로 싸우지 않았다? 그럼 그는 무엇 때문에 전사들을 이끌고 나갔단 말인가.

제국과 마인, 그리고 파울.

딕스의 머릿속은 순간 혼란에 빠졌다.

이런 그를 파울이 조용한 음색으로 부른다.

"딕스야."

"…예, 사부님."

"너는 이루었느냐?"

딕스가 파울에게 궁금한 게 있었다면, 파울 역시 딕스에게 궁금한 게 있었다.

바로 제자가 이룬 경지였다.

딕스는 파울이 자신의 경지를 단숨에 간파한 듯해 놀랐다.

그것도 잠시, 파울이라면 얼마든지 그러할 수 있다는 생각이 들었다.

딕스는 그보다는 좀 전의 파울의 대답이 더 신경 쓰였다.

"조그만 성취가 있었습니다. 별 대단한 것은 아닙니다."

딕스는 겸손한 모습을 보였다.

아직 파울의 본심을 모르는 상황에서 자신의 실력을 떠벌릴 필요는 없다.

자신의 능력은 당분간은 국가적 비밀이다.

"음… 성취 중에 혼란은 없었느냐?"

파울은 심마를 묻는 것이다.

첫 깨달음을 만날 때 가장 극심하게 덤벼드는 놈이 바로 이 심마다.

깨달음의 첫 단추를 잘 못 꿰어 마인이 된 자들이 어디 한 둘이던가.

심마는 잠복기를 가지기도 한다.

모습을 드러내지 않고 맘속 깊숙이 똬리를 틀고 있다가 불쑥 뛰쳐나오는 경우를 종종 보았다.

어린 나이에 깨달음을 얻어 성장한 제자다.

그래서 파울은 그 뿌리가 튼튼한지, 중심이 바로 잡혔는지 봐주는 게 사부의 도리라 여겼다.

물론 그의 현재 경지가 궁금하기도 했다.

"딱히 없었던 것 같습니다."

"이룬 이후, 피를 묻혔느냐?"

파울은 살인에 대해 물었다.

사람이 사람을 죽이는 행위는 정신적으로 큰 충격을 준다.

그 충격이 겉으로 드러나는 경우가 있고 내재되는 경우도 있다.

이중 위험한 것은 후자다.

후자의 경우 어느 순간 뜻하지 않은 일로 내재된 감정이 격발되어 마인이 되기도 한다.

하지만 파울이 딕스에 대해 모르는 것이 있으니.

"예."

딕스는 담담하게 이를 시인했다.

파울은 딕스의 이런 태도를 하나에서부터 열까지 꼼꼼하게 주시했다.

가끔 자신의 마나를 풀어 딕스를 자극하기도 했다.

심마의 흔적이 있나 싶어서였다.

다행하게도 제자에게서는 그 어떤 반응도 찾을 수 없었다.

그제야 파울은 진심으로 웃었고, 그의 성장이 튼튼하고 바름을 크게 기뻐해 주었다.

그 모습은 마치 고향을 떠난 아들이 금의환향해서 돌아오는 길을 새벽 일찍 일어나 쓸어대는 과묵한 아비의 심정을 닮았다.

진심으로 다가오는 사부.

그리고 이를 어색해하는 제자.

"너 자신을 살피는 일은 한시도 게을리해서는 안 된다. 거대한 나무도 작은 벌레 하나 때문에 썩는 법이다."

"명심하겠습니다, 사부님."

"좋구나, 좋아. 하하."

지난번 봤을 때만 해도 어린 호랑이였다.

그런데 지금 보니 이미 다 커버렸다.

이빨도 튼튼하고 발톱도 강하다.

이것만 해도 놀라운 일인데 벌써 날개까지 달고 있다.

이보다 더 좋을 수가 없다.

'녀석에게 자이라의 미래를 맡겨야겠구나!'

딕스에게 부족을 맡기고 싶은 마음이 맡겨야겠다는 확신으로 바뀌는 파울이다.

이를 모르는 딕스는 이제나저제나 파울에게서 정보를 끌어낼 기회를 엿보고 있었다.

제국과 그가 손을 잡았는지 아닌지를 서둘러 알아내야

했다.

딕스는 그 기회를 잡지 못했다.

야니시아의 족장 카티온이 보낸 전령이 파울을 급히 찾았기 때문이었다.

아침 식사 자리에서 딕스가 한 발언은 레이첼에게 충격을 주었다.

그 충격은 그녀에겐 아름답고 멋진 경험이었다.

그의 결심을 확인한 이후 레이첼은 딕스를 보는 게 몹시 부끄러웠다.

그렇다고 본업이 그의 비서이니 안 볼 수도 없었다.

"그러다 눈 돌아가, 레이첼."

딕스는 전격의 파울, 제국과 쌍마라는 골치 아픈 문제로 골치를 썩는 중이다.

이런 상황이면 주변의 사소한 시선 따위 들어오지 않을 테지만, 딕스에게 레이첼은 사소한 일로 치부할 수 없는 사람이었다.

그러니 자신을 향한 그녀의 흘끔거림도 놓칠 리 만무하다.

"제, 제가 언제……."

"다 봤거든. 그리고 오늘은 나 혼자 있고 싶으니까 시모나 양과 놀아줘. 좀 전에 보니까 풀이 잔뜩 죽어서 빌빌거리던데."

딕스에게 시모나는 파울의 딸일 뿐이다.

반면 시모나에게 있어 딕스는 이상형의 정혼자였다.

그런데 그 정혼자—당사자인 딕스의 생각은 고려치 않은 채 파울이 정하고 시모나가 인정한 자—가 눈앞에서 딴 여자를 제 여자로 삼겠다고 공언했다.

그 마음이 어찌 쓰리고 아프지 않겠는가.

레이첼은 시모나의 마음을 일찌감치 짐작하고 있었다.

그녀를 보고 있자니 레이첼은 속도 상하고, 자신의 처지에 한숨이 나오곤 했다.

물론 아침 식사 전까지의 이야기다.

지금은 딕스가 자신의 자존심까지 고려해 내던진 진중한 고백에 사실 크게 감동했다.

문제는 고백을 했으면 행동으로 보여줘야 하는데 저 남자는 엉뚱한 생각에 푹 빠져 있었다.

그가 원하면 입술은 내줄 수 있는데.

'어멋!'

레이첼은 자신의 적극적인 생각에 놀라 그만 얼굴이 벌게진다.

그녀는 제 얼굴이 딕스에게 들킬세라 황급히 대답하곤 뛰어나가 버렸다.

그 위태한 뜀박질을 보며 딕스가 소리쳤다.

"그러다 넘어지면 예쁜 몸 다친다! 그거 네 몸 아니다, 레이첼!"

딕스의 외침에는 농담으로만 받아들일 수 없는 진심이 듬뿍 담겨 있었다.

그의 말에 레이첼의 다리가 꼬였다.

앞으로 넘어지려는 그녀를 보자마자 그는 반사적으로 일어섰다.

다행히 레이첼은 넘어지지 않았다.

'흠, 균형 감각은 좋네.'

90퍼센트는 넘어질 자세였다.

한데 그 자세에서 놀랍도록 균형을 잡고 넘어지지 않았다.

이는 그녀가 타고난 운동 신경과 반사 신경을 가졌다는 증거다.

레이첼이 사라지자 그제야 딕스도 온전히 임무에 몰두할 수 있었다.

주변을 둘러보던 딕스는 저택을 나섰다.

파울과 딕스의 관계를 알게 된 저택의 총관이 호위 병력을 붙여주려 했다.

"괜찮습니다. 늦어도 저녁때쯤엔 돌아올 겁니다. 제 비서를 보면 그리 전해주십시오, 하비옷 총관님."

"안내인이라도 데려가심이 좋지 않겠습니까, 딕스 님."

"정말 괜찮습니다. 그럼."

더 이상 총관에게 여지를 주지 않고 딕스는 몸을 돌렸다.

저택을 빠져나온 딕스는 잠시 걸음을 멈추고 뒤를 돌아보았다.

아무리 뜯어봐도 저택이란 느낌보단 최전방에서나 볼 수 있을 법한 단단한 요새 같다.

겉보기엔 투박하고 엉성한 모습 같지만 내실은 꽉 차 있다.

공국이 심혈을 기울여 양성한 검은 부엉이의 요원들이 저택 침입을 포기했을 정도다.

딕스가 저택을 나선 요인 중 하나가 요원과의 접촉을 위해서다.

'음지의 그림자단이라고 했지. 흠, 대단한 자들 같아.'

야니시아 부족에도 공국의 검은 부엉이와 같은 정보기관이 있다.

이 기관의 실질적인 지배자는 파울이다.

그러니 엄밀히 말해 야니시아의 정보부 격인 음지의 그림자는 파울과 자이라의 힘이라 보면 된다.

물의 척후를 통해 뒤따르는 자들의 유무를 살피며 움직인 딕스는 대규모 말 목장의 외곽 숲 입구 개울가에 도착했다.

그늘이 드리운 바위에 걸터앉아 투명한 개울 속에서 노니는 작은 물고기를 바라보는 그의 모습은 참으로 한가해 보인다.

물론 드러난 모습이 그러할 뿐 목적은 따로 있었다.

그의 뒤쪽 숲에서 나직한 목소리가 날아든다.

"뒤따르는 자들은 없었습니다, 딕스 님."

검은 부엉이, 공국의 정보국은 리안 부족 연합에 침투한 제국의 선동가를 처치하는 게 주목적이다.

임무의 목적이 이렇다 보니 정보 요원과 전투 요원 상당수가 이곳에 들어와 있다.

이들은 딕스를 중심으로 활동하고 있었다.

"꼼꼼하시군요."

딕스는 이미 물의 척후에게 자신을 뒤따르는 자들의 유무를 보고 받았다.

굳이 따지자면 딕스 쪽이 훨씬 정확할 것이다.

이 점을 제 입으로 언급할 필요는 없다.

사람은 틈이 있어야 한다. 그래야 상대도 틈을 보이고, 그 틈을 서로서로 찔러주면서 친해지는 법이다.

적에게도 이는 마찬가지다.

유인과 섬멸!

고대로부터 내려오는 이 전술은 현대에까지 유용하게 쓰이는 전술의 교본이다.

딕스는 이를 '틈의 전술'이라고 부른다.

틈 하나만 보여주면 인맥도 넓힐 수 있고 적도 보다 쉽게 처치할 수 있다.

이런 걸 두고 일석이조라 하는가 보다.

소년은 겉으로 드러난 행동과 속내가 이처럼 다르다.

아직까지 그는 그 누구에게도 이를 간파당하지 않았다.

"파울의 저택 경비가 철통같아 침입이 쉽지 않았습니다. 번거롭게 해드려 죄송합니다."

"사과하실 일은 아닙니다. 파울은 마스터입니다. 허술한 자가 어찌 마스터가 될 수 있겠습니까. 오히려 라스 경의 판단을 높이 사고 있습니다. 사실 전진보다 후퇴가 더 어려운 결정이잖아요."

라스 남작은 리안 부족 연합에 침투해 있는 요원들을 관리하는 3국의 차장이다.

처음에 열여섯 살 애송이를 작전 책임자로 임명한 상부의 지시에 그는 크게 반발했다.

그랬던 그는 딕스를 직접 만나고, 그의 행동을 유심히 관찰한 뒤로는 그 생각이 많이 바뀌었다.

"그리 생각해 주시니 감사합니다."

"어제 파울이 만난 자는 쌍마였습니다."

라스 남작은 딕스의 말에 깜짝 놀랐다.

마인의 등장은 그 일대에 재앙이나 마찬가지다.

한데 그런 커다란 사건이 일어났음에도 별다른 동향을 포착하지 못했다.

이는 라스 남작에겐 부끄러운 일이었다.

"놈들은 제국에서 활동하는 것으로 알고 있습니다. 음, 혹시 제국이 놈들을……?!"

정보국 요원답게 라스 남작도 단숨에 딕스와 같은 생각을 했다.

"자세한 내막은 저도 모릅니다. 더 알아봐야 하겠지만 제 느낌도 라스 남작님과 같습니다."

"제국이 쌍마를 움직인 게 확실하다면 이는 보통 일이 아닙니다. 이제까지 마인을 제어했다는 이야기는 들어본 적이 없으니 말입니다."

"아직 확실치는 않지요. 그리고 일단 검은 부엉이의 적극적인 활동은 자제해 주셨으면 합니다. 좀 더 살펴봐야 할 것들이 있어서요."

마인이 관계된 일이다.

검은 부엉이의 전력이 어느 정도인지는 알 수 없지만 만약 충돌이 발생한다면 피해는 고스란히 검은 부엉이의 몫일 게 뻔했다.

괜한 충돌을 빚어 아까운 인재를 소비하는 어리석은 짓은 할 수 없었다.

인재 하나 양성하는 데 들어가는 시간과 재물을 생각하면 저들은 그야말로 걸어 다니는 천금인 것이다.

"그리 결정을 내리셨다면 따르겠습니다. 이곳의 책임자는 딕스 님이시니까요."

"감사합니다. 참, 그리고 남작님의 발밑에 그것 좀 제 가족에게 전해주셨으면 합니다. 이건 개인적인 문제니까 그리 신경 쓰시지 않으셔도 됩니다."

라스 남작은 의아한 표정으로 발밑을 보았다.

좀 전까지만 해도 분명 흙과 나무뿌리와 풀 외에 아무것도 없었다.

한데 전에 없던 봉투 하나가 떡하니 놓여 있었다.

소드익스퍼트 중급의 실력자이기도 한 자신이 느낄 새도 없이 발치에 놓인 서류에 라스 남작은 깜짝 놀랐다.

"이, 이것이 언제 여기에?"

"아! 놀라게 해드렸군요. 죄송합니다. 제가 가끔 생각 없이 행동한답니다. 하하."

"음… 알겠습니다."

딕스는 재차 쌍마와의 일에 검은 부엉이가 나서지 말 것을 당부했다.

"…그리하겠습니다, 딕스 님."

"고마워요. 참, 카티온 족장이 파울을 부른 이유를 아세요? 중요한 이야기를 나누다 갑자기 호출 받고 가는 바람에… 하아, 새가 됐지 뭡니까. 하하."

"카티온 족장 이복형제들의 참수 문제 때문일 것입니다. 파울과 음지의 그림자단이 족장의 이복형제를 도운 것은 세상이 다 아는 일입니다. 이러니 족장이 파울과 그림자단을 꺼림칙하게 여기는 건 당연하죠. 아마 이참에 참수 문제를 앞세워 파울의 의중을 시험할 요량인 것 같습니다."

골육상잔의 대표적인 비극이 바로 권력 투쟁이다.

이제 그 투쟁의 대미가 될 피의 심판만이 야니시아에 남았다.

이 끔찍한 이야기를 과연 저 소년은 어찌 받아들일까?

라스 남작은 보고하면서 딕스의 표정을 유심히 살폈다.

하나 이런 이야기에 꿈쩍할 딕스가 아니다.

'뭐지? 내 보고를 이해하지 못한 건가?'

지극히 담담하고 평온한 딕스의 표정이 남작을 놀라게 했다.

남작을 향해 딕스의 차분한 음성이 찾아든다.

"카티온 족장은 쓸데없는 짓을 하는군요. 파울이 작정하고 그들을 도왔다면 지금의 그 자리에 앉지도 못했을 텐데. 뭐, 남의 일이니 내 알 바는 아니지만요. 알았어요. 파울이 그런 일로 갔다니 오늘 중에 돌아오겠군요."

할 말을 다했다는 듯 딕스는 하품을 하며 기지개를 활짝 폈다.

그 자리를 떠나려던 딕스가 갑자기 걸음을 멈춘다.

"참, 공주님은 싱그로아로 출발했습니까?"

싱그로아의 안소니 국왕이 공주를 초대했다.

'동맹에 관한 일을 상의하기 위한 것이 아닐까?' 라고 딕스는 내심 추측하고 있었다.

싱그로아가 지금의 동맹에 참가한다면 공주의 시름은 크

게 줄어들 수 있는 일이었다.

딕스는 진심으로 싱그로아가 동맹에 참가해 주기를 바랐다.

"삼 일 전에 출발하셨습니다."

"삼 일 전이라. 그렇군요. 알겠습니다. 그만 가보세요."

은밀한 회동을 마친 딕스는 다시 호랑이 굴속으로 걸어 들어가야 한다.

내키지 않지만 그곳에는 앞으로 자신의 여인이 될 레이첼이 있다.

오직 그 이유 하나로 쉽게 걸음을 옮길 수 있는 딕스다.

'이 일만 마무리하면 레이첼이랑 어디 여행이나 가야지.'

짐을 꾸리고 집을 떠나왔지만 임무와 병행된 여행은 여행이 아니다.

함께 왔지만 레이첼에게 향한 마음을 온전히 쏟아부을 수 없으니 죽을 맛이다.

다음 여행은 꼭 달콤한 핑크빛 무드로 치장할 계획을 세우며 딕스는 발걸음을 재촉했다.

딕스는 집으로 곧장 돌아가지 않고 자이라 부족 일대를 돌아다녔다.

그는 그저 어슬렁거리며 걷고 있을 뿐인데 사람들이 그를 보자마자 친근하게 인사를 건넨다.

그것도 초면인 자들이 존경하는 상전을 만난 듯 깍듯하게 인사를 해오자 딕스는 이상한 기분이 들었다.

일단은 답례 인사를 하긴 했지만 길을 걷다가 뺨 맞은 것처럼 얼떨떨한 기분을 지울 수 없었다.

'뭐야? 왜 내게 인사해?'

그가 어찌 알겠는가.

파울의 제자, 양자의 신분으로 그의 존재가 자이라 부족민들에게 파다하게 퍼졌음을.

딕스는 길게 생각하지 않고 신경 쓰지 않기로 했다.

그는 파울이 돌아올 동선에 위치한 식당으로 들어갔다.

그러자 식당 주인과 종업원과 손님들까지 다들 벌떡 일어나 그를 향해 깊이 허리를 숙여 인사를 건네는 것이 아닌가.

얼떨결에 마주 인사한 딕스는 종업원의 안내를 받아 2층 창가 쪽에 자리를 잡았다.

그 자리에는 이미 손님이 있었는데도 종업원이 뭐라 한마디를 하자 모두 불만 없이 딕스에게 자리를 양보했다.

'내가 여우한테 홀렸나?'

모르는 사람들이 자신을 잘 아는 것처럼 인사를 해오고, 편의를 봐준다.

이유도 모른 채 받는 친절이다 보니 얼떨떨하다 못해 이제는 황당할 지경이다.

대기 중인 종업원에게 간단한 음식을 주문한 뒤 딕스는 창가로 시선을 던졌다가 깜짝 놀랐다.

언제 몰려왔는지 창문 아래 사람들이 빼곡히 모여 고개를 쭉 빼고 자신을 훔쳐보고 있었다.

식당에 들어온 것이 아니라 무슨 동물 우리에 들어온 기분이 들었다.

이런 분위기 속에서 밥이 목구멍에 넘어갈 리 없다.

하지만 그는 딕스였다.

장장 19개월간의 도망자 생활에서도 제 몸을 알뜰히 살폈던 소년이다.

'어라? 이거 맛있네. 흠, 돌아갈 때 싸가야겠다.'

홀로 식사를 하며 시간을 보낸다.

해가 뉘엿뉘엿 질 때쯤 파울이 돌아왔다.

집으로 향하던 파울의 발걸음은 제자의 기운이 느껴진 탓에 중간으로 돌릴 수밖에 없었다.

"딕스, 거기서 뭐 하느냐?"

"사부님 오셨습니까. 제가 안주랑 술 좀 장만했습니다. 이쪽으로 오세요."

파울은 수하들을 뒤로 물린 뒤 딕스가 권한 자리에 앉았다.

술병과 딕스를 번갈아 보며 파울이 한마디 한다.

"술을 하느냐?"

"한 번 마셔 봤습니다. 하하."

"좋은 게 아니다. 성장기에 있는 너에겐 더더욱 안 좋아.

그러니 되도록 마시지 않는 걸 권하고 싶구나."

술이 좋은 게 아님은 그 누구보다 딕스가 뼈저리게 겪어 알고 있다.

"알고 있습니다. 그래서 전 요걸 마실 생각입니다, 사부님."

요구르트를 내보이며 환하게 웃는 제자의 모습에 파울이 그제야 표정을 풀었다.

"한데 집에 있지 않고 왜 여기 나와 있는 것이냐?"

"사부님께 드릴 말씀이 있어서요. 저택은 불편해서 여기에 자리를 마련했습니다. 불편하시진 않으시죠?"

황혼이 온 세상을 물들이는 느지막한 시간.

여름 바람이 푸른 대지 위를 감싸 안으며 온갖 곤충과 새들의 목소리를 실어 보낸다.

파울은 주변 경관을 쭉 둘러보더니 흡족한 표정을 지으며 술병을 잡았다.

"사부님, 술잔 여기 있습니다."

"이런 분위기에 잔술은 말이 안 되지. 하하."

병째로 꿀꺽꿀꺽 마시는 파울의 모습은 야성미의 완결판을 보는 듯했다.

술이라면 딱 질색인 딕스가 보기에도 한 번쯤 따라 하고 싶은 장면이었다.

'난 요구르트로.'

호기가 치밀었지만 딕스는 자신의 주제를 알기에 요구르트로 나발을 불었다.

자신을 따라 하는 제자의 모습에 파울이 즐거운 표정으로 크게 웃었다.

파울의 웃음이 여름 들판을 시원하게 달린다.

가슴이 뻥 뚫리는 듯한 웃음이다.

파울은 앉은 자리에서 세 병의 술을 비웠다.

딕스가 준비한 술이 동나자 파울은 수하들에게 술을 더 사오도록 명령했다.

술이 도착하고 다시 두 병을 더 비운 파울이 입가에 묻은 술 방울을 손등으로 스윽 닦은 뒤 심유한 눈빛으로 딕스를 보았다.

"뮬에서 보낸 자가 너더냐?"

핵심을 바로 치고 들어오는 파울의 질문에 딕스는 찔끔했다.

파울이 어떤 생각을 하고 있는지 알 수 없는 상황이다.

일이 이러한데 상대는 자신의 꿍꿍이속을 들여다보고 있다.

잠시 딕스는 파울을 어찌 대해야 할지 갈피를 잡지 못했다.

하지만 언제까지 이처럼 입 다물고 있을 수만은 없는 노릇이었다.

어차피 여기 온 이유 또한 그의 의중을 알아내는 것이었으니 한번 부딪쳐 보는 것도 나쁘지 않을 것 같았다.

"다 알고 계신 듯하니 숨기지 않겠습니다. 예, 사부님의 짐작대로 그게 접니다. 한데 언제 아셨습니까?"

"안 지 얼마 되지 않았다. 공국이 널 보낼 정도면 그만큼 네가 그들에게 신뢰를 받고 있다는 말이겠구나."

"피곤하기만 한 신뢰죠."

이는 딕스의 솔직한 심정이었다.

어찌어찌하다 보니 점점 더 많이 가지게 되었다.

가진 만큼 신경 쓸 일도 많아졌다.

늘어나서 좋은 게 아니라, 늘어나서 바빠지고 삶은 더 복잡해졌다.

하지만 세상에 공짜가 없듯 가졌으면 그만큼의 책무도 다해야 한다.

적어도 딕스의 생각은 그러했다.

물론 가볍게 행동할 때도 있었지만 그의 심지는 곧고 반듯했다.

최소한 누군가의 세 치 혓바닥에 흔들리는 그런 소년은 아니었다.

파울은 딕스의 이러한 면을 눈여겨보았고 크게 마음에 들어 했다.

"배부른 소리구나. 후훗."

말은 이리했지만 꾸짖는다기보다는 딕스의 말에 전적으로

동감한다는 느낌이 강했다.

남들이 우러러보는 실력과 지위, 남부러울 것 없는 재산처럼 세상은 겉으로 드러난 것만 본다.

그 위치에 서기 위해 놓아야 했던 소중한 것들이나 쏟아부은 노력과 슬픔 따위는 안중에도 없다.

인생이 다 그렇겠지만.

딕스와 파울은 순간 동변상련의 교감을 나누었다.

잠시 두 사람의 얼굴에 씁쓸함이 스쳐 지나간다.

과장되게 몸을 쭉 펴며 쾌활한 음성으로 딕스가 이 분위기를 날려 버린다.

"그래도 전 늘 배고파요. 아마 성장기라서 그런 게 아닐까 싶어요. 헤헤헤."

"어울리지 않게 어리광은. 맞다. 아직 넌 성장기지. 그리고 너의 시절은 너 나름대로 큰 고충이 있을 게다. 그래도 그 고충이 세상의 전부라는 생각은 하지 마라. 그래, 이제 이 얘기는 그만하자꾸나. 네가 여기서 날 기다린 이유는 내 속내를 알기 위함이지 싶은데. 내 말이 맞느냐?"

연륜에서 비롯된 혜안일까? 파울에게서 흘러나오는 장중한 분위기와 담담한 모습에서 딕스는 훗날 자신의 모습도 저러했으면 좋겠다고 잠시 생각했다.

어쨌든 주사위는 던져졌다.

남은 것은 파울의 속에 담긴 답변이다.

딕스는 말없이 고개를 끄덕였다.

애써 덤덤한 척하고 있었지만 그의 손에는 어느새 땀이 차오르기 시작했다.

파울의 대답 여하에 따라서 그와 자신은 적이 될 수 있다.

지난 시절 파울을 피해 무조건 달아나기만 했다.

지금은 그때와는 상황이 많이 다르다.

부딪쳐야 한다면 부딪친다!

'나도 나름… 배포가 크구나!'

긴장감에 몸이 굳어가자 딕스는 자기만의 방식, 자화자찬으로 이를 풀어냈다.

파울은 다시 한 병의 술을 숨 한 번 쉬지 않고 다 비웠다.

"사부님, 술은 많이 드시면 반드시 뒤탈이 생기는 법입니다. 어지간하면 적당히 하십시오."

"제자의 잔소리가 예쁘구나. 그런 의미에서 너의 궁금증을 해결해 주마."

"듣겠습니다, 사부님."

자신을 빤히 응시하는 딕스의 표정을 살피던 파울은 곧 시선을 하늘로 돌렸다.

"제국은 내게 흥미로운 제안을 했다. 하지만 나를 만족시키지 못했지. 난 그들에게 말했다. 나를 만족시킬 수 있는 상황을 만들어보라고 말이다."

한마디로 파울은 임시 중립을 선포한 상태라는 소리였다.

하긴 파울 정도 되는 자가 말 몇 마디에 쉽게 움직이면 그
것도 좀 싸구려로 보인다.

딕스는 이를 천만다행이라 여겼다.

파울만큼은 진심으로 싸우고 싶지 않았으니까.

"다행이군요. 사부님과 싸울 일이 없어서… 뭐, '일단은'
이지만. 그런데 쌍마, 그놈들 제국의 하수인이 맞습니까?"

"놀라운 일이지만 맞다. 마인이 정부의 일을 돕는 경우는
흔하지 않지. 그런 점에서 이는 매우 특이한 상황이라 할 수
있다. 아니, 두려운 점이라 해야 할 것이다. 딕스."

"예."

"넌 그들을 막기 위해 이곳으로 왔겠지. 그러니 넌 그들과
충돌하지 않을 수 없을 게다. 하지만 난 널 돕지 않을 것이다.
네 스스로, 네 힘으로 그들의 목적을 저지해 보아라. 내 너의
성공 여부에 따라 내 입장을 분명하게 할 것이다."

공주에 이어 파울까지 딕스에게 부담을 안겨준다.

문제는 이것이 피할 수도 없고, 피해서도 안 된다는 데 있
다.

이를 명확하게 주지하고 있었기에 딕스는 물러설 생각이
없었다.

남자란 모름지기 목숨을 걸어야 할 때가 있고, 그때가 되면
망설임 없이 이를 내놓아야 하는 법이다.

다부진 각오가 딕스의 얼굴에 서린다.

"알겠습니다. 쌍마… 제가 잡아 제국의 음모를 분쇄하겠습니다."

방법? 그딴 건 없다.

쌍마의 존재에 대해 안 것도 겨우 얼마 전인데 전략을 구사할 여유 같은 게 있었을 리 없다.

지금부터 쌍마에 대해 조사하면서 공략법을 강구할 뿐이다.

"쌍마도 쌍마지만 놈들과 함께 다니는 자가 진짜 위험한 놈 같더구나."

쌍마를 거론할 때와 달리 제삼의 인물을 언급하는 파울의 표정이 눈에 띄게 경직됐다.

이는 딕스에겐 엎친 데 덮친 상황이 발생했음을 의미한다.

딕스의 머릿속에 빨간불이 들어온다.

'그래도 놈들의 전력을 하나라도 더 알았으니… 휴우, 이것도 수확은 수확이로군.'

갑갑한 현실이다.

그럼에도 딕스는 여기에 위축되지 않았다.

목숨을 걸었다면 두려울 것도 없는 게 인생인 법.

제3장

경험은 윤활제다!

DIX SAGA

레이첼의 안전을 파울에게 맡긴 딕스는 곧장 쌍마를 추격
했다.

파울이 경고한 제삼의 인물이 크게 신경 쓰였지만 조심해
서 살피면 이것도 분명 해결 방법이 있을 것이라 믿었다.

딕스는 물의 척후를 가동해 원거리에서 놈들을 감시했다.

놈들은 감시자가 있음을 전혀 눈치채지 못했다.

여러 차례에 걸쳐서 이를 확인한 딕스는 이후 물의 척후를
더욱더 활성화시켰다.

사실 딕스의 물의 척후를 알아보는 일은 거의 불가능에 가
깝다.

제아무리 날고 기는 실력의 소유자라 해도 주변에 항상 존재하는 물의 기운을 의심하기란 쉽지 않을 터였다.

천리안 같은 눈으로 적을 감시하며 딕스는 놈들이 지난 흔적을 꼼꼼하게 점검했다.

노숙한 자리나 여관의 방 등등.

놈들에 대한 단서는 그게 무엇이든 가리지 않고 확인하고, 또 확인했다.

딕스의 행동을 옆에서 지켜본 라스 남작은 내심 혀를 내둘렀다.

그저 덜 자란 소년이라 생각했는데 정보단의 임시 수장을 맡은 그의 행보는 실로 놀라웠다.

그야말로 완벽주의자라 칭할 만했다.

자이라 부족의 권역에서 떠난 지 정확하게 십사 일 일곱 시간 삼십이 분.

날짜와 시간과 상황에 대해 딕스는 매일 기록으로 남겼다.

이 기록을 놈들이 잠들고 난 후 삼십 분간 하루도 빠짐없이 그는 정독해 살폈다.

그는 늘 놈들보다 삼십 분 늦게 잠자리에 들었고 삼십 분 일찍 일어났으며 자면서도 놈들에 대한 감시를 게을리하지 않았다.

물론 이는 그에게 매우 특별하고 신비한 친구가 있었기에 가능했다.

물의 핵 오메가!

딕스의 영원한 동반자이자, 우방이다.

'규칙적인 생활 좀 해라, 이것들아.'

불씨 하나 없는 캄캄한 어둠 속.

그것도 해충이 극성을 부리는 무더운 숲 속이다.

그 속에 딕스가 있었다. 버티기 힘든 곳이다.

이러한 곳에서도 의외로 그는 편안하게 지내고 있었다.

'라스 남작인가?'

1.5킬로미터 전방에 쌍마와 제삼의 인물이 노숙하고 있다.

물의 척후는 사방 3킬로미터 이내에 존재하는 인간은 그들이 유일하다고 했다.

한데 방금 인간 하나가 물의 감시망에 포착됐다.

놈들의 지난 십사 일간의 기록을 살피고 있던 딕스는 수첩을 덮고 주변을 경계했다.

딕스는 물의 척후가 감지한 자가 라스 남작인지 확인하기 위해 다시 신호를 보냈다.

이 신호에 대한 답을 주면 그는 라스 남작이다.

잠시 후 물의 척후가 감지한 남자의 행동에 대해 딕스에게 보고했다.

그제야 딕스의 입가에 완전한 미소가 어렸다.

물의 척후는 상대의 존재감과 행동만을 식별한다.

존재 여부만 알 수 있을 뿐 그게 누구인지는 알 방법이 없다.

라스 남작이 자신을 곧장 찾아올 수 있도록 딕스는 물의 안내인을 보냈다.

남작이 도착할 때까지 시간이 있어 딕스는 다시 기록물로 눈길을 돌렸다.

기록 삼 일째까지 그는 놈들을 멀리서 쫓기만 했다.

그러다 사 일째 되던 날, 가벼운 공격을 시도했다.

놈들이 노숙한 장소 주변에서 감지된 몬스터를 도발시켜 놈들을 공격하게 만든 것이다.

애초에 마스터와 마법사, 그리고 제삼의 인물이 이런 허술한 공격에 당할 것이라고는 그도 생각하지 않았다.

그저 놈들의 반응을 보기 위한 일종의 시험이었다.

그 시험은 역시나 가볍게 놈들의 승리로 끝났다.

쌍마 중 마스터인 웜마가 몬스터를 먼저 감지하고 움직였고, 그 뒤를 웜슨과 제삼의 인물이 따랐다.

상대의 움직임을 통해 딕스는 제삼의 인물이 마법사 계열이 아닐까 하고 생각했다.

하지만 정확한 것은 아니었다.

그래서 기회가 닿을 때마다 그는 놈들을 자극하는 실험을 꾸준히 했다.

딕스에게 그것은 놈들을 상대하기 위한 진지한 실험이었지만 당하는 입장에서는 황당하고 분통이 터지는 일이었다.

예를 들자면 이런 경우다.

여관에서 샤워하다 물이 뚝 끊기고, 찬물인 줄 알고 마셨더니 펄펄 끓는 뜨거운 물이다.

또 어쩌다 노숙하면 꼭 몬스터가 물밀 듯이 쳐들어온다.

강을 건너려고 배를 타면 꼭 뒤집어지거나 가라앉는다.

더위를 피할 겸 잠시 계곡에 앉아 있으면 상류에서 거대한 물살이 내려온다.

이런 일이 하루에 한 번, 어떤 날은 하루에 두세 번씩 일어난다.

딕스가 가볍게 던진 돌에 지금 놈들은 피가 말라가고 있었다.

어쨌든 놈들을 꾸준히 자극한 십일 일간의 기록이 수첩 안에 고스란히 담겨 있다.

'확실히 제삼의 인물은 마법사가 맞는 것 같아.'

마법사 두 명에 소드마스터 한 명.

쌍마란 존재도 부담이 되는 실정에 제삼의 마법사까지 고려해야 할 상황이다.

딕스가 고민에 빠져 있는 동안 물의 안내인을 따라온 라스 남작이 도착했다.

라스 남작은 이제는 익숙해질 만도 한 풍경을 여전히 놀란 눈으로 바라본다.

딕스를 감싼 물의 보호막.

그 막은 해충을 막고 내부의 온도를 쾌적하게 유지한다.

또한 음식을 해 먹을 때도 물의 막 안쪽에서 가능하다.

숨을 쉬듯 마법을 사용하는 자.

그럼에도 마나 부족 현상을 겪지 않는 자.

라스 남작에게 딕스는 알면 알수록 무섭고 불가사의한 존재였다.

"어서 오세요, 남작 님. 식사는 하셨어요?"

"예, 식사는 하셨습니까? 참, 부탁하신 요구르트입니다."

"고마워요."

물의 막 안쪽으로 들어온 남작은 내부의 시원함과 청량함에 마치 딴 세상에 온 듯한 기분을 맛보고 있었다.

"별말씀을… 참, 놈들은 어떻습니까?"

"여전히 붙어 다니죠. 놈들을 떼어낼 방법을 궁리 중에 있는데 쉽지가 않네요."

"딕스 님이 노력하시는 것은 알고 있습니다. 하지만 시간이 얼마 없습니다. 여기서 연합의 수도 반시 헬까지는 칠 일 거리입니다. 장로원이 공격받고 무너지면 연합은 걷잡을 수 없는 혼란에 빠집니다. 다시 대족장 제도가 부활할지도 모릅니다. 그리되면 공주님께서 노력하신 동맹이 흐지부지될 수 있습니다."

리안 부족 연합의 내부가 흔들리면 제국을 견제하던 아리온스 왕국의 전력도 다시 연합으로 움직일 수밖에 없다.

이는 뮬 공국이 고스란히 제국에 노출되는 것을 의미한다.

현재 제국은 기존의 고압적인 외교 방식에서 탈피해 남쪽과 서쪽 왕국들과의 평화 외교에 힘쓰고 있었다.

동시에 내부적으로는 오랫동안 문제가 되어왔던 호전적인 소수 민족 정벌에 박차를 가했다.

제국의 천재 마법사 클라우드 폰 야니스, 그가 이 정벌 계획에 핵심 인사로 활동 중이다.

공국의 전략 참모진은 제국의 이러한 과감하고 발 빠른 움직임을 상당히 우려하고 있었다.

"조만간 승부수를 띄워야지요."

이 방향에서 연합의 수도 반시 헬로 가기 위해서는 반드시 수심이 깊고 강폭이 넓은 다리에 강 하류를 건너야 한다.

딕스는 이곳을 전장으로 삼을 생각이었다.

그전에 놈들을 떨어뜨려 놓으면 좋겠지만 현재까지 살펴본 결과 가능성이 매우 희박했다.

"전투 요원들을 전면 배치하겠습니다, 딕스 님."

라스 남작의 말에 딕스는 고개를 내저었다.

"비효율적이에요. 그리고 제가 실패하면… 대안으로 세운 작전 있으시죠?"

"……!"

부지불식간에 허를 찌르며 내던진 질문과는 반대로 전부 다 알고 있다는 태연한 표정과 자연스럽게 흘러나오는 말투에 라스 남작은 깜짝 놀랐다.

사실 남작은 공주가 은밀히 보낸 미확인 명령서를 한 부 갖고 있었다.

"숨길 필요 없어요. 공주님이 어떤 분이신데 허투루 일을 처리하겠어요. 전 기분 하나도 안 나빠요. 저 같아도 그리했을 테니까요. 후훗."

"음, 언제 아셨습니까?"

알면 알수록 놀라운 소년.

그래서 이제는 그 놀라움이 당연하게 느껴지는 라스 남작이다.

"놈들을 추격만 하다 보니 시간이 남더군요. 그래서 짬짬이 공주님 입장에서 한번 생각해 봤어요. 그랬더니 대안의 필요성이 절박해지더군요. 그리고 그분이 좀 그런 구석이 많아요. 다년간 지켜본 결과죠."

딕스의 말투와 표정은 가볍다.

하나 그가 지금 하고 있는 말의 내용은 결코 가볍지가 않다.

겨우 정신을 수습한 남작이 딕스의 표정을 살피며 묻는다.

"불쾌하지 않으십니까?"

"불쾌요? 제가 왜요?"

"딕스 님의 죽음을 감안한 계획이 세워진 것에 대해서 말입니다."

"그게 왜 불쾌해요? 살 사람은 살아야죠. 그리고 많이 누린 만큼 대가도 큰 법이죠. 그것이 제가 여기 있는 이유임을 왜 모르겠어요. 누린 만큼의 대가! 자주 지불해서 좀 싫긴 하지만 어쩌겠어요. 젊어 고생은 사서도 한다잖아요. 하하."

딕스의 호방한 태도에 남작은 숙연한 기분에 빠졌다.

남작은 모르리라. 아무리 강력한 적이라도 수전(水戰)에서 딕스의 목숨을 빼앗아갈 이가 거의 없다는 것을.

딕스는 쌍마도 중요하게 여겼지만 제삼의 인물을 이보다 더 중요하게 보았다.

제삼의 인물이 혹시라도 물의 마법사라면 자신의 구명조끼가 별 도움이 되지 않기 때문이다.

그러나 지금은 제삼의 인물에 대해 일단 마음을 놓은 상태다.

'확실한 건 놈이 물의 마법사가 아니라는 거지.'

전력상 명백한 열세임을 감안하고도 딕스가 싸우기로 작정한 이유가 바로 여기에 있었다.

물론 상황의 급박함도 있었지만.

형 마법사 윔슨, 동생 소드마스터 윔마.

쌍마로 더 유명한 두 사람은 일란성 쌍둥이다.

마인으로서 그때그때 기분 내키는 대로 살았던 두 사람은 현재 제국을 위해 일하고 있다.

이는 마인에 대해 조금이라도 아는 자들에겐 충격적인 소식이 아닐 수 없다.

그런 두 사람이 지금 극도로 예민한 상태에 빠져 있었다.

"윔슨, 이건 우연이 아니야! 제길."

"나도 느끼고 있어. 누군가 우리를 자극하고 있다는 것을 말이야."

명색이 마법사와 마스터다.

그런 이들이 딕스의 끊임없는 도발을 느끼지 못할 리가 없다.

아니, 마법사와 마스터가 아니더라도 하루도 빼놓지 않고 불행이 계속되면 의구심을 가질 것이다.

문제는 심증만 있고 물증이 없다는 데 있다.

나름 쌍마와 제삼의 인물은 성실한 불행을 조사하려고 노력했지만 그 노력은 단 한 번도 결실을 맺지 못했다.

그래서 이들은 중차대한 결정을 내렸다.

정확하게 말하면 현재 쌍마의 상관인 제삼의 인물의 주도 하에.

"정말 우리가 없어도 괜찮겠어? 룩센."

이삽사 시간 내내 후드로 얼굴을 가리고 다니는 남자, 룩센.

룩센이 반듯하게 누운 자세로 대답한다.

"이 불행이 인위적인지 아닌지에 대해 궁금해졌습니다. 그리고 어차피 반시 헬에서의 작업은 제가 아니라 두 분이 하실 일입니다. 그러니 두 분은 앞서 가십시오. 의도적인 공격이라면 두 분보다 손쉽게 상대할 수 있는 하나인 절 노리겠지요."

윔슨과 윔마 형제는 서로를 바라보더니 자리에서 일어섰다.

당연하게도 이들의 행동은 그 즉시 물의 척후를 통해 딕스에게 전달된다.

"먼저 가지. 만약 우리를 골탕 먹인 게 사람의 짓이라면 개밥으로 주게. 빠드득."

윔슨의 두 눈에서 살기가 쭉 뻗어 나온다.

윔마 역시 형 못지않게 분개해 살의를 뿜었다.

두 사람이 뿜어내는 힘에 의해 여름밤의 숲은 한겨울처럼 동면에 든다.

쌍마가 곧 떠나고 홀로 남았지만 룩센이란 남자는 누운 자세 그대로 꼼짝도 하지 않았다.

코끝을 살짝 덮은 후드 아래 룩센의 입가가 비틀리며 메마른 독백이 흘러나온다.

"…지겨워."

삶 자체를 무의미하게 여기는 자의 독백이었다.

'뭐지? 저 녀석.'

어이없는 얼굴로 딕스는 고개를 갸웃거리고 있었다.

그토록 바라던 쌍마와 제삼의 인물이 따로 떨어져 나뉘었다.

이는 그가 진심으로 바라던 기회였다.

그러나 이를 마냥 기뻐할 수가 없었다.

괴이하게도 제삼의 녀석이 꿈쩍도 하지 않고 그 자리에 계속 누워 있었기 때문이다.

쌍마가 이동한 방향은 북서쪽으로, 놈들은 연합의 수도로 곧장 향하고 있었다.

연합으로 온 목적을 생각하면 쌍마를 쫓아가 제거하는 게 바른 선택이다.

그럼에도 딕스는 놈들을 뒤쫓지 못하고 있었다.

제삼의 인물이 나무라도 된 것처럼 어젯밤부터 정오까지 꼼짝도 하지 않기 때문이다.

몬스터를 도발해 놈에게 보냈지만 어찌 된 일인지 몬스터는 놈을 인식조차 못 했다.

뒤이어 안개에 독을 섞어 보냈지만 중독된 행동도 보이지 않았다.

놈은 마치 진짜 나무나 바위가 된 듯했다.

놈에겐 뭔가 있다.

육감은 끊임없이 이를 확인하라고 신호를 보낸다.

이성은 쌍마를 추격해 임무를 완수하라며 부채질했다.

지금 결정해야 한다.

여기서 더 지체했다간 쌍마를 놓치게 된다.

'너, 나중에 보자.'

육감보다 이성을, 눈앞에 닥친 현실을 딕스는 선택했다.

결정을 내린 딕스는 망설이지 않고 움직였다.

연합의 혼란을 조장해 이 땅의 백성을 도탄에 빠뜨릴 쌍마를 저지하기 위해서.

딕스가 떠났지만 제삼의 인물, 룩센은 움직이지 않았다.

놈은 불행을 일으킨 원흉을 그렇게 기다리기만 했다.

특이해도 굉장히 특이한 성격이 아닐 수 없다.

웜슨과 웜마 형제는 제국에서 활동하던 마인들이다.

쌍둥이 중 형인 웜슨은 바람의 마법사였고, 동생 웜마는 마스터다.

형제가 나란히 마법사와 마스터가 된 경우는 정말이지 흔치 않은 일이다.

만약 이들이 정상적인 사회생활을 했다면 역사에 길이 남을 인물이 되었을 것이다.

하지만 이들은 결코 정상적인 생활을 하지 못했다.

아니, 할 수가 없었다.

발작처럼 튀어나오는 분노가 바로 그 원인이었다.

밥 먹다가, 똥 싸다가, 잠자다가, 길을 걷다가, 대화를 하다가… 수시로 분노가 폭발했다.

이를 고치려고 두 사람은 부단히 노력했다.

이들만이 아니다. 모든 마인들이 노력했지만 아무도 뜻한 바를 이루지 못했다.

제자리걸음!

그런데 그랬던 쌍마에게 정상인으로 살 수 있는 기회가 찾아왔다.

"룩센은 괜찮을까?"

윔마의 표정에 걱정이 드러난다.

쌍마가 누군가를 염려한다? 이들에 대해 조금이라도 아는 자들이 있다면 이를 보고도 믿지 못할 것이다.

자신의 분노를 제어하지 못해 늘 전전긍긍하며, 신경질적이던 마인이 하물며 남을 걱정하다니. 있을 수 없는 일이다.

지금 이들의 모습은 지극히 정상적이다.

"녀석은 천벽의 마법사다. 불행도 놈을 비껴갈 거야."

"아무튼 천벽의 놈들은 다들 특이해."

"좀이 아니라 많이 이상하지. 하지만 우리가 상관할 일이 아니야. 우리는 그들이 원하는 일을 해주고 약만 받으면 그만이니까."

약? 쌍마는 지금 약을 얻기 위해 천벽이란 단체를 위해 일한다고 말하고 있었다.

대체 무슨 약이기에 제멋대로의 대명사인 마인이 정상적인 방법의 거래를 하는 걸까? 참으로 놀라운 일이다.

한 가지 확실한 것은 마인의 분노를 억제, 혹은 치료하는 약물이 있다면 이는 대륙의 모든 마인들이 무슨 짓을 해서라도 얻고 싶어 하리라는 점이다.

자신이 이제까지 발을 붙이고 살아왔던 세계에서 자의가 아닌 병적인 발작을 두려워해서 떠나는 일은 몹시 고통스러운 일이다.

잠시 잠깐 분노가 가라앉고 이성을 되찾을 때면 대부분의 마인들은 큰 자괴감과 외로움을 느꼈다.

그 씻을 수 없는 고독과 허무와 슬픔은 겪어보지 않은 자들은 알기 힘들다.

그런 점에서 쌍마는 형제가 나란히 마인이 되어 고독은 덜하지 않았을까 싶다.

어쨌든 두 사람은 천벽의 도움으로 분노를 억제하는 약을 매달 공급받았다.

정상인의 평범한 생활.

그 삶을 두 사람은 진심으로 기뻐하고 있었다.

가족을 꾸릴 수 있고, 친구를 만들 수 있으며, 터를 잡고 이웃과 공생하며 살아갈 수 있다.

늘 그렇게 살아온 보통 사람들은 이를 대수롭지 않게 여긴다.

하지만 뜻하지 않게 추방당하듯 이러한 생활에서 멀어진 마인들에게 평범한 삶은 눈물 나는 동경이었고, 뼈에 사무치는 그리움이었다.

가질 수 없는 평범한 일상과 해소할 수 없는 분노 때문에 어떤 마인들은 이성이 돌아왔을 때도 더욱더 악한 짓을 저지른다.

내가 가지지 못했으니 네 것도 빼앗겠다는 마음.

비뚤어진 마음으로 더 모질고 악독하게 군다.

"그렇긴 하지만 룩센 녀석에게 일이 생기면 천벽이 우리와 거래를 안 할 수도 있잖아."

형 웜슨의 말에 웜마가 걱정스러운 표정을 드러내며 말한다.

분노 억제제, '마수라'

그 약을 통해 웜마는 더불어 살아가는 생활의 즐거움에 빠져 있었다.

그는 아침마다 서민들이 이용하는 음식점에 일부러 들러 그들과 함께 밥 먹으며 일상적인 이야기를 나누었고 아이들을 보면 사탕이나 과자를 주었으며 괴롭힘을 당하는 자들을 보면 나서서 도와주었다.

게다가 최근엔 제자를 들여 그에게 심혈을 기울이고 있었다.

웜마는 지금 누리고 있는 소소한 일상의 행복을 진정으로 잃고 싶지 않았다.

"불행이 룩센을 노릴지, 우릴 노릴지 장담할 수 없다. 놈이 우리를 노린다면… 네가 즐기는 지금의 삶도 공중으로 날아가 버려. 그러니 정신 바짝 차려."

"알았어. 그나저나 다리에 강을 무사히 건널 수 있을까?"

배를 탔다 하면 사고가 일어났다.

자주 겪다 보니 배 타는 게 꺼려지는 웜마다.

이는 웜슨 역시 마찬가지였다.

"타보면 알겠지. 우리가 무사히 다리에 강을 건널 수 있다면 불행이 룩센을 향해 간 것이고, 아니면 우리에게 붙은 거겠지."

웜슨이 말한 불행.

지금 그 불행이 다리에 강바닥에 앉아 쌍마를 기다리며 불만을 표출하고 있었다.

'왜 안 와!'

하루를 꼬박 꼼짝도 안 하고 누워만 있던 룩센이 드디어 몸을 움직였다.

깊고 큰 후드는 여전히 그의 하관 중 일부만 보이게 한다.

그와 만나본 사람들은 그의 전체적인 얼굴에 대해 궁금해한다.

룩센은 타인의 궁금증 따위에는 관심이 없었다.

그에게 삶이란…

'…지겨워.'

지겨울 뿐이다.

한동안 움직여 주지 않았던 관절을 가볍게 푼 룩센은 불행이 쌍마를 쫓아갔다고 추측했다.

그는 가볍게 대지를 박찬다.

그러자 그의 전신이 놀랍게도 공간에 녹아들어 갔다.

휘리리링.

'승객이 너무 많은데.'

딕스는 쌍마가 대형 여객선을 타자 강바닥에서 눈살을 찌푸렸다.

이제까지 놈들은 작은 선박을 대여했지, 이처럼 정기적으로 운항하는 여객선을 이용하지는 않았다.

놈들이 왜 꾸물거리나 싶었던 딕스는 이제야 이유를 알 수 있었다.

선박을 뒤집거나 침몰시켰다간 사망자가 대거 발생할 수 있었다.

딕스가 살인마도 아니고 죄 없는 양민의 목숨을 담보해 임무를 해결할 리가…

'배에 구멍만 내야겠군.'

있는 녀석이다.

이윽고 쌍마가 탑승한 여객선이 움직였다.

부두에서 너무 멀리 떨어지면 양민들의 희생이 커질 터였다.

딕스는 나름 적당한 거리를 계산했다.

계산을 끝내자 딕스는 여객선 옆구리를 물의 힘으로 강력하게 후려쳤다.

잔잔한 수면을 달리던 선박은 굉음과 함께 선체가 흔들렸다.

갑판에 나와 다리에 강의 풍경을 느긋하게 감상하던 승객들은 놀라 비명을 내질렀다.

어떤 자는 엉덩방아를 찧었고, 어떤 이들은 난간을 잡고 대롱대롱 매달렸다.

선박의 옆구리로 물이 콸콸 쏟아져 들어갔다.

배가 조금씩 옆으로 기울자 사람들의 공포는 더욱더 커졌다.

"구명정, 저기 구명정이 있다!"

우르르.

"질서를 지키세요! 아이와 여자와 노약자가 우선입니다. 밀지 마세요!"

선원들이 승객들을 진정시키려 노력했다.

목숨이 달린 일에 진정하기란 쉽지 않다.

힘으로 밀고 당기며 구명정 근처는 금세 아수라장이 되었다.

쌍마 윔슨과 윔마는 불행이 자신들을 쫓아왔음을 본격적으로 깨달았다.

"윔슨, 배가 너무 기울었어. 우리 때문에 사람들이 죽게 할 수는 없잖아. 어떻게 해봐!"

윔마가 형 윔슨에게 다급한 목소리로 소리쳤다.

윔슨은 사람들이 덜 북적이는 갑판 뒤쪽으로 바삐 달려갔다.

그곳에 선 윔슨은 자신의 완전 마력 문장을 움직였다.

윔슨의 마력 문장은 이타(H)!

다섯 개의 띠를 가진 이타(H)가 움직이자 다리에 강 상공에 강풍이 휘몰아쳤다.

바람은 점점 하나의 형상을 만들었다.

재앙에 직면한 선박의 승객들과 이들의 안위를 걱정하며 부두에 몰려와 있던 사람들이 그 순간 고개를 들어 상공을 본다.

은색 갑옷을 입은 거인이 하늘에 떠 있었는데 거인의 신장은 무려 4미터에 이르렀다.

그 커다란 덩치로 마치 구름처럼 허공에 떠 있다.

사람들은 얼이 빠져 넋을 놓고 거인을 보았다.

거인은 윔슨이 부른 바람의 골렘이었다.

바람의 골렘이 크게 한쪽으로 기운 배를 붙잡아서는 반대쪽을 내리눌렀다.

배는 금세 평행을 유지했고 선박에 탑승한 자들은 그제야 중심을 잡을 수 있었다.

승객과 부둣가에 있던 사람들이 일제히 환호성을 터뜨렸다.

"와아! 바람의 골렘이다!"

"마법사님이 돕고 있어!"

"만세! 바람의 마법사님. 만세!"

"와아아아아."

모든 사람들이 감격해 소리치고 난리도 아니다.

웜슨은 순식간에 영웅이 되었다.

바람의 골렘은 선박을 부두로 옮겼다.

그렇게 모두의 환호 속에 선박은 무사히 부둣가에 정박할 것 같았다.

하지만 상황은 물속에서 튀어나온 4미터 신장의 물의 골렘이 출현하면서 급변했다.

출렁.

휘청!

선박의 중심이 다시 한 번 크게 무너졌다.

갑판에 있던 사람들이 배가 기우는 방향으로 미끄럼을 탄다.

물건에 부딪치고, 사람에 부딪치며 선박은 다시 아수라장이 되고 말았다.

"꺄아아악!"

"바람의 골렘이 공격받고 있어!"

사람들이 비명을 지른다.

그 비명의 아수라장에서 한 소녀가 유일신을 향해 간절하게 기도하며 네댓 살 난 작은 아이를 품에 안고 운다.

"아르온 님, 제발 바람의 골렘님을 도와주세요. 착한 마법사님을 도와주세요!"

졸지에 공공의 적, 테러범이 된 딕스다.

"웜슨, 저 물의 골렘은 내가 막아볼 테니까 배를 부두로 옮겨!"

마스터 웜마가 소리치며 요동치는 갑판 위를 균형 잡힌 단단한 지면을 밟듯 신속하게 움직였다.

물 위에서는 자연스럽게 대립 구도가 형성되었다.

자신을 희생하며 배를 부여잡고 있는 바람의 골렘.

그 틈을 놓치지 않고 이리저리 바람의 골렘을 공격하는 물의 골렘.

"우우우우!"

"나쁜 물의 골렘은 물러가라!"

"바람의 골렘님, 힘내세요."

사람들의 응원에 힘을 얻은 듯 웜슨은 바람의 골렘을 향해 마나를 더욱더 공급했다.

바람의 골렘은 몸을 더욱 단단하게 굳혔고 물의 골렘은 개의치 않고 여전히 그를 두들겨 패는 중이었다.

당연히 사람들은 물의 골렘이 전력을 다해 바람의 골렘을 공격하고 있지 않다는 사실을 모른다.

그런데 욕이란 욕은 몽땅 물의 골렘에게 쏟아진다.

그림만 보아서는 선한 사람들을 공격하는 나쁜 놈과 이를 저지하는 정의의 용사다.

가련한 시리우스.

그때 마스터 윔마가 갑판 난간을 박차고 날아올랐다.

"저기 봐! 사람이……!"

"앗! 오러블레이드다!"

"마스터다!"

"오! 아르온이시여!"

평생을 살아도 보기 힘들다는 골렘과 소드마스터를 한꺼번에 보게 된 사람들은 놀라지 않을 수 없었다.

어려운 사람들을 보호하는 정의로운 바람의 마법사와 마스터.

사람들에게 쌍마는 소설 속 영웅의 현신이나 다름없었다.

영웅이 있으면 악당이 있는 법.

원치 않게 딕스는 그 악당 역을 맡게 되었다.

"마스터가 물의 괴물을 공격하고 있어!"

"나쁜 물의 괴물을 혼내주세요! 마스터님!"

신비롭고 멋진 딕스의 골렘은 이제 사람들에게 괴물로 불리고 있다.

어쨌든 윔마의 거대한 오러블레이드가 물의 골렘을 단숨에 쪼개 버릴 기세로 달려들었다.

그 순간 바람의 골렘을 후려치고 있던 물의 골렘이 기다렸다는 듯 몸을 돌려서 방패를 생성시켰다.

마스터의 오러블레이드는 물의 방패에 맞아 거대한 굉음과 눈이 멀어버릴 듯한 섬광을 일으켰다.

그럼에도 시리우스의 방패는 멀쩡했다.

웜마는 반탄력을 이용해 다시 선박으로 돌아왔다.

사람들이 환호성을 지르며 그를 향해 몰려들었다.

"다가오지 마시오. 다칩니다!"

몰려오는 사람들에게 경고를 날린 웜마는 다시 바닥을 박차고 물의 골렘을 향해 몸을 날렸다.

이번엔 오러블레이드가 물의 골렘 시리우스의 머리를 노린다.

여기에 순순히 당할 시리우스가 아니다.

시리우스의 물의 방패가 재차 날아오는 강맹한 오러블레이드를 막는다.

또다시 터지는 굉음과 섬광.

웜마는 이번엔 반탄력을 이용해 선박으로 돌아가지 않았다.

그는 대신 절묘한 몸놀림으로 물의 골렘의 어깨 부위를 노렸다.

마스터의 오러블레이드는 골렘의 동체에 데미지를 줄 수 있다.

뿐만 아니라 충격이 크면 골렘은 산산이 부서진다.

그 충격은 고스란히 골렘을 불러낸 마법사에게 돌아간다.

이때 마법사는 마나 공백 현상을 겪는다.

심한 무기력증에 빠지게 되는 것이다.

이것이 일반적인 경우다.

하나 딕스는 특이한 마나 구조를 갖고 있기에 여기에 해당 사항이 없다.

윔마의 오러블레이드가 물의 골렘의 어깨를 베려는 순간, 수면이 크게 출렁이더니 거대한 물기둥이 윔마를 휘감아 물속으로 순식간에 끌고 들어가 버렸다.

이를 본 사람들은 패닉에 빠졌다.

마스터의 고유 기술이자 최강의 방어 기술, 전 방위 실드.

물속으로 끌려온 윔마는 실드를 발동해 자신의 안전을 확보했다.

하지만 그대로 물러설 딕스가 아니었다.

이곳은 물속. 그의 왕궁이자 앞마당이다.

딕스는 윔마를 물속 깊이 끌어들이는 한편, 그의 실드를 계속해 두들겨댔다.

압력과 충격이 쉴 새 없이 부딪치자 윔마의 실드가 차츰 축소되고 약화됐다.

그때 선박을 부둣가에 무사히 정박시킨 바람의 골렘이 빠른 속도로 물속으로 뛰어들었다.

푸화확.

첨벙!

백색의 포말이 하늘을 꿰뚫을 기세로 높게 치솟았다.

물줄기는 중력을 이기지 못하고 그대로 땅바닥으로 떨어져 내렸다.

사방으로 높은 파도가 친다.

다리에 강변 일대는 소낙비가 내린 후처럼 흠뻑 젖어들었고 다리에 강 수면은 누가 크게 한 움큼 떼어낸 모습이 되었다.

사람들은 연속된 경이로운 장면에 놀라 석상이 되고 말았다.

마법사가 국가의 전략 무기라는 소리는 귀가 따갑게 들었고, 그들의 존재가 대단함도 인정했다.

그래서 재능자가 나온 집안이 잘되는 것도 수긍했다.

마법사의 위력을 실제로 본 적이 없는 사람들은 인정과 수긍을 하면서도, 한편으론 사람이 강해 봐야 얼마나 강하겠냐는 생각을 하는 자들도 적지 않았다.

이곳에도 그런 자들이 있었다.

그랬던 그들이 지금 깊은 경외감에 빠져 전율하고 있었다.

전투가 벌어지는 내내 다리에 강은 크게 몸살을 앓았다.

강에 서식하는 생물들이 모두 죽어 드넓은 수면을 뒤덮었다.

물 깊은 곳에선 오금이 저리는 맹렬하고 묵직한 소리가 쉴 새 없이 올라왔다.

큰 파도가 부두를 향해 밀려왔다.

사람들은 황급히 내륙 쪽으로 도망쳤다.

넘어지고, 채이고, 밀고, 당기고, 소리치고, 울고, 누군가를 찾고. 난리도 이런 생난리가 없다.

딕스의 가공할 공격에 마스터 윔마는 죽음을 직감했다.

빠져나갈 수 없는 그물에 걸린 자만이 느낄 수 있는 무기력과 절망감.

'잡았다!'

다리에 강바닥.

빛 한 점 찾아볼 수 없는 캄캄한 그곳에 딕스가 있었다.

그는 이곳에서 물의 골렘과 물의 마법으로 쌍마를 공략 중에 있었다.

그가 서 있는 이곳은 그에겐 완벽한 요새였고, 함락이 불가능한 철옹성이었다.

이곳에 사람이 있을지 그 누가 생각할 것이며 안다고 해도 그 누가 찾아올 수 있겠는가.

마스터 윔마. 딕스는 놈을 잡았다고 생각했다.

그의 생각은 윔슨의 바람의 골렘이 다리에 강으로 뛰어들면서 틀어졌다.

수중으로 돌진해 온 바람의 골렘과 물의 골렘이 다시 격돌했다.

두 골렘의 힘이 충돌하자 그 여파가 딕스가 위치한 곳까지 미쳤다.

본진이 파괴되면 곤란하므로 딕스는 서둘러 물의 보호막을 겹겹이 쳤다.

일단 바람의 골렘을 물의 골렘으로 막게 한 딕스는 다 잡은 물고기(?) 웜마를 본신의 마법으로 집중 공격했다.

강철 인간이라 불리는 자들이 바로 마스터다.

이들의 스피드와 육체의 단단함, 그리고 오러블레이드라는 가공할 무기의 파괴력은 누구나 인정한다.

그런 마스터도 딕스의 공격 앞에서는 버틸 재간이 없었다.

의식을 잃어가는 마스터 웜마.

웜마의 쌍둥이 형인 웜슨은 동생의 위기를 본능적으로 느꼈다.

다급해진 웜슨은 동생을 구하기 위해 물의 골렘과 맞서 싸우고 있는 바람의 골렘을 움직였다.

바람의 골렘이 마스터 웜마에게로 달려갔다.

물의 골렘이 이를 쉽게 놓아줄 리 만무하다.

더욱더 거센 공격을 받은 바람의 골렘은 그 형상을 유지하기 힘들 만큼 처참하게 망가졌다.

자신의 마법 소환물이 이러니 당연 마법사 웜슨 역시 그 상태가 몹시 좋지 않았다.

하지만 동생을 구하려는 웜슨의 일념이 바람의 골렘을 버티게 했다.

바람의 골렘의 거대한 손이 웜마를 잡았다.

잡은 그 순간, 바람의 골렘은 웜마의 몸을 감싸더니 수면을 향해 필사적으로 이동했다.

놓칠세라 물의 골렘이 마법과 물리 공격을 퍼부었다.

방어도 하지 못한 채 당하기만 하는 바람의 골렘은 상반신과 한쪽 팔만 겨우 남았다.

이 상태로 움직이는 건 사실상 불가능한 일이다.

가히 기적이라 해야 옳을 것이다.

이런 기적을 만든 이는 마법사 웜슨이었다.

동생을 살리려는 형의 간절한 마음!

그 마음이 기적을 불러일으켰다.

수면 밖으로 튀어나온 바람의 골렘은 웜마를 뭍으로 던졌다.

여기까지가 바람의 골렘이 가진 한계였다.

웜마를 구한 바람의 골렘은 곧이어 폭발했다.

그 뒤를 쫓아오던 물의 골렘이 폭발의 여파에 휩쓸려 밀려났다.

멀리서 이를 지켜보던 사람들의 입에서 탄식과 비명이 쏟아졌다.

다리에 강에 거대한 웅덩이가 또 파였다가 사방으로 밀려간 물이 다시 합쳐지며 사라졌다.

거칠게 출렁이는 수면 위로 바람만이 서럽게 불었다.

결국 딕스는 마스터 윔마를 놓치고 말았다.

빠드득.

'다 잡았는데!'

정상이 바로 코앞이었다.

그냥 발 하나만 척 올리면 끝인 상황이었는데 그만 미끄러졌다.

그 기분이 어떨지 생각해 보라.

아깝고, 또 아까웠다.

마스터 하나 바로 잡아먹을 수 있었는데.

'아니지, 아직 기회는 있다.'

쌍마가 아직 모두 뭍에 있다.

물속이라면 더욱 좋겠지만 현재 두 사람은 본신의 능력이 크게 상한 상태였다.

두 사람을 확실하게 잡는 방법으론 당장 다리에 강을 움직여 부두를 집어삼키면 된다.

문제는 양민들이다.

죄 없는 자들을 익사시킬 수는 없었다.

살인에 무감각한 그였지만 해도 될 일과 해서는 안 되는 일에 대해 분명한 선이 있었다.

양민들의 문제는 해서는 안 될 일이었다.

딕스는 번잡하지만 물의 골렘을 보내어 두 사람만 해치우자는 결론을 내렸다.

'놈들이 양민을 인질로 삼으면 곤란한데.'

바람의 골렘이 폭발할 때의 여파로 밀려 내려왔던 물의 골렘을 딕스는 다시 수면으로 부상시켰다.

부디 쌍마가 양민들을 인질로 삼지 않기를 바라며.

바깥 사정을 모르는 딕스의 바람이다.

바람의 골렘이 자신을 희생해 살린 마스터 웜마.

동생을 끌어안고 상처를 살피는 웜슨의 표정이 참으로 애처롭다.

사람들은 자신들을 구하기 위해 살신성인의 거룩한 의지와 행동을 보여준 형제에게 진심으로 고마워했다.

그들은 제발 저들에게 더 이상 불행이 닥치지 않기를 자기 일처럼 간절히 바랐다.

하지만 이들의 바람은 이루어지지 않았다.

부글부글.

다리에 강 수면이 무섭게 끓어올랐다.

이를 본 사람들이 경악성을 내질렀다.

의식이 돌아온 마스터 웜마. 동생이 무사히 깨어나자 안도의 한숨을 내쉬는 웜슨.

그러나 두 형제는 마냥 기뻐하고 있을 수가 없었다.

겨우 몸을 추스르는 중이었는데 딕스가 부상시킨 물의 골렘이 수면 위로 그 신비로운 위용을 자랑하듯 모습을 드러내었다.

수면을 밟고 선 물의 골렘, 시리우스.

전신을 감싼 마나의 선이 푸르게 빛나며 묵직한 위엄을 뿜어냈다.

그러나 시리우스를 바라보는 사람들의 눈은 경멸과 증오와 원망으로 가득했다.

시리우스는 사람들에게 둘러싸여 있는 쌍마를 향해 움직였다.

수면을 미끄러지듯 움직이는 시리우스의 모습은 실로 멋들어진 장관이었다.

문제는 이를 보고 경탄해 줄 대중이 모두 그를 싫어한다는 점이다.

"물의 괴물이 온다! 저 두 분을 안전한 곳으로 모셔!"

"서둘러! 은인을 구하자!"

대중이 뭉쳤다.

군중심리가 폭발하듯 발동했다.

사람들은 바닥에 흩어진 돌, 몽둥이, 바구니 등 손에 들 수 있는 모든 것을 집어 들었다.

그러고는 누가 먼저랄 것도 없이 다가오는 시리우스를 향해 손에 쥔 것들을 투척했다.

휙휙휙.

"꺼져라!"

"죽어! 죽어라, 괴물아!"

"오지 마!"

쌍마는 사람들이 자신들을 보호해 주자 감격해 눈물이 났다.

예전이라면 있을 수 없는 일이다.

자신들에게 쏟아지던 사람들의 저주와 비난.

그것들은 온데간데없고 칭송과 응원과 도움의 손길로 돌아왔다.

사람들은 결코 저 물의 골렘을 이길 수 없다.

물의 골렘, 아니, 저 골렘을 조정하는 마법사가 작정한다면 여기 모인 사람들을 먼지처럼 다 날려 버릴 수 있다.

손가락 하나만 까딱해도 여기 있는 사람들을 다 죽여 버릴 수 있다는 뜻이다.

윔슨과 윔마 형제가 서로를 마주 본다.

서로의 눈빛에서 같은 생각을 하고 있음을 알 수 있다.

윔마가 먼저 입을 연다.

"윔슨… 아니, 형. 저 녀석 우리만 노리고 있는 것 같지?"

"형 소리 오랜만이네. 그래, 그런 것 같다."

"살다 보니 사람들의 칭송도 듣고 보호도 받다니… 부끄럽고 미안해지네."

"그러게. 휴우, 웜마."

"웅."

"물의 마법사가 사람들을 다치지 않게 하려고 노력하는 것처럼 보이긴 하지만 일이 꼬이면 대형 참사가 벌어질 수 있는 상황이다. 그건 너도 알겠지?"

두 사람의 눈길이 잠시 주변을 훑어본다.

"알아. 그보다 형, 몸은 어때?"

"전력의 십 퍼센트는 남았다. 넌?"

"난 십일 퍼센트쯤 돼."

형제의 얼굴에 순간 웃음이 떠올랐다.

그러나 그 웃음은 금세 비장한 각오로 대체된다.

어느새 물의 골렘은 뭍에 발을 올리고 있었다.

사람들은 그 앞을 막고 잡다한 것들을 투척하고 욕설하고 난리도 아니다.

사람들도 깨달았다.

저 물의 골렘이 자신들을 해칠 의사가 없다는 것을. 그러자 사람들의 행동은 대담해졌다.

인의 장벽이 시리우스의 진로를 막았다.

앞쪽에 있던 사람들이 정의로운 영웅을 탈출시키라며 소리쳤고, 뒤쪽에 있던 사람들은 쌍마를 보호하며 움직이려 했다.

문제는 보호 속에 움직여야 할 쌍마가 사람들의 뜻을 거절했다는 것이다.

윔슨이 바람을 일으켰다.

바람은 사람들을 감싸며 그들의 몸을 부드럽게 뒤로 밀었다.

공간이 확보되자 윔슨은 바람을 다시 한 번 크게 일으켜 골렘을 만들었다.

마스터 윔마도 몸을 일으킨 뒤 전신에 마나를 퍼뜨렸다.

"앗, 바람의 골렘이다!"

"바람의 마법사님이 건재하다!"

"마스터님도 몸을 일으키셨어!"

"영웅이 부활했다! 이제 악당이 무너질 차례다!"

"와아아아아!"

"만세, 만세!"

사람들이 쌍마에게 길을 비켜주었다.

이들이 비켜준 길을 바람의 골렘과 마스터 윔마가 걸었다.

그 뒤로 윔슨이 따른다.

사람들은 골렘이 다시 나타나자 다시 한 번 전투가 일어날 것을 기대했지만 남은 전력으로 더 이상의 싸움은 무리였다.

현실적으로 두 사람이 힘을 합쳐도 물의 골렘을 상대할 수 없는 상태다.

물의 골렘과 바람의 골렘이 서로를 노려본다.

윔슨이 사람들을 향해 소리쳤다.

"저 골렘은 우리만 노리고 있소. 우리 형제로 인해 여러분이 곤경에 처했으니, 내 면목이 없소이다. 웜마, 가자!"

웜슨이 소리치자 웜마가 형을 안고 땅을 박찼다.

두 사람의 몸은 순식간에 바람의 골렘의 어깨에 안착했다.

이를 기다렸다는 듯 바람의 골렘이 강변을 바람처럼 내달렸다.

쌍마 곁에 사람들이 너무 많아 공격을 못 했던 시리우스.

쌍마가 알아서 한적한 곳으로 가주자 반기며 이를 쫓아갔다.

두 골렘의 모습이 사람들의 시야에서 사라졌다.

엉망이 된 부둣가에 남은 사람들은 다들 멍한 표정이었다.

물의 골렘이 처음부터 저들을 노렸다니.

하긴, 처음부터 이상하긴 했다. 마법으로 불러낸 골렘이 그토록 소심하게 공격한다는 것 자체가 말이 되지 않았다.

좀 전 수중에서 벌어진 격돌!

그 일로 인해 발생한 다리에 강의 이상 현상만 봐도 물의 골렘이 작정하고 공격했다면 아무도 살아남지 못했을 것이다.

군중심리가 한풀 꺾인 사람들의 눈길이 다리에 강으로 향한다.

빽빽하게 수면을 뒤덮은 크고 작은 물고기 시체들.

어쩌면 저것이 자신들의 현재 모습이었을지도 모른다는

생각에 모두 오싹한 듯 몸을 움츠렸다.

"…하지만 바람의 마법사님과 마스터님은 우리를 지키려고 하셨잖아."

누군가 작은 음성으로 말했다.

그 음성은 장내를 숙연한 분위기로 만들었다.

모든 사람들의 눈길이 골렘이 사라진 방향으로 움직인다.

쌍마, 웜슨과 웜마는 오늘 이곳 다리에 강 하류 부둣가에 있던 사람들에게 평생 잊을 수 없는 영웅으로 기억되었다.

이들의 명성은 연합 전역으로 퍼져 나갔다.

딕스는 아무도 기억해 주지 않는다.

그냥 악질적인, 다리에 강의 미친 물의 마법사로 불릴 뿐이다.

제4장

재수 없는 놈!

DIX SAGA

룩센은 냉소주의자이면서 지독한 허무주의자다.

태어날 때부터 그랬던 것은 아니고 힘을 얻는 과정에서 이러한 유형의 인간이 되고 말았다.

룩센과 같은 과정을 거친 이들 대부분이 그랬다.

'⋯우리 중 그 서자 놈만 예외였었지.'

어쨌든 이런 그에게 있어 삶이란 그저 지겨움의 연속일 뿐이었다.

룩센은 다리에 강 하류 부둣가에 일찌감치 도착해 불행—딕스—과 쌍마와의 싸움을 보았다.

골렘들의 싸움과 주변 반응은 모든 일에 심드렁한 그에게 오랜만에 흥미를 불러일으켰다.

쌍마의 정체를 알지 못하는 연합의 인간들은 쌍마를 영웅처럼 떠받들었다.

하긴, 쌍마의 앞서 행동을 보면 고전적인 영웅들의 행보다.

하지만 과연 사람들이 저들 형제의 정체를 알고도 그리했을까? 룩센은 사람들에게 '저들은 제국의 마인이다!' 라고 말해주고 싶은 충동을 수시로 느꼈다.

누군가의 행복… 그에겐 재미없는 스토리였다.

룩센은 쌍마를 미끼로 불행의 진면목을 보기로 했다.

나서서 도와줄 수도 있었지만 아직 불행의 정체를 알지 못하는 이상 더 많은 정보를 얻을 필요가 있다.

이 말인즉슨 쌍마에게 아직 고초가 끝나지 않았음을 의미한다.

스스스스.

바람의 골렘을 쫓고 있는 물의 골렘.

저 물의 골렘의 주인은 여전히 보이지 않는다.

이들의 뒤를 은밀히 따라가던 룩센은 다시 허무와 지겨움을 느낀다.

다시 룩센은 불행—딕스—에 대해 생각했다. 그를 떠올리면 기분이 한결 나아진다.

불행은 여우처럼 영악했다.

자신에게 절대적으로 유리한 지형과 지물과 인간을 이용

할 줄 아는 놀라운(?) 지능을 가졌다.

신중하고 영리하고 과감하며 잔인하다!

룩센은 불행의 첫인상을 그렇게 평가했었다.

하나 상황을 계속 지켜보니 자신의 생각에 오류가 있음을 인정하지 않을 수 없었다.

…잔인하지는 않다.

불행에게는 쌍마를 충분히 죽일 수 있는 상황이 여러 번 주어졌다.

불행은 번번이 그 기회를 물러 터진 식상한 선택으로 놓쳐버렸다.

인의에 연연한 것이다.

'빨리 보고 싶군.'

룩센의 머릿속은 온통 불행—딕스—에 대한 생각으로 가득 차버렸다.

딕스에게 드디어 열렬한 팬(?)이 생긴 것이다.

어찌하면 불행을 빨리 볼 수 있을까?

어찌하면 불행을 자신처럼 허무와 지겨움의 세계로 인도할 수 있을까?

어찌하면 불행을 고통과 슬픔과 상실감으로 울부짖게 할 수 있을까?

이러한 상상만으로도 룩센은 진정으로 짜릿한 즐거움을 느꼈다.

흥분으로 룩셴의 몸이 달아오른다.

그러다 오랜만에 찾은 재미난 장난감을 너무 일찍 망가뜨리는 것도 옳은 선택이 아닐지도 모른다는 생각에 스스로의 마음을 다스렸다.

룩셴은 인간을 크게 세 종류로 나눈다.

겁쟁이, 또라이, 선동가.

그가 만나본 인간은 거의 이 유형에 속했고 따라서 매우 식상했다.

별 관심도 없었다.

룩셴이 불행에게 관심을 보이는 이유는 자신이 알고 있던 기존의 인간형이 아니기 때문이다.

부둣가에서 룩셴은 자신이 규정한 인간형들을 지겹도록 보았다.

선동가는 또라이라는 안전한 검 자루를 쥐고 휘두르길 좋아했다.

과거에도 현재에도, 그리고 먼 미래에도 있을 식상한 일이다.

또라이는 선동가의 사주를 받아 검날이 되어 달려 나간다.

이 역시 전형적이다.

겁쟁이는 또라이의 후환을 사고 싶지 않아 마지못해 따라 나간다.

룩셴은 철저한 제삼자의 눈으로 이 모든 걸 지켜보았다.

아니, 사실대로 말하자면 초반에 약간 개입했다.

선동가가 움직일 수 있도록 불행—딕스—이 양민을 죽이지 않는다고 말해주었다.

그러자 선동가는 기다렸다는 듯이 또라이를 부추겼고, 겁쟁이는 또라이가 겁나서 활동에 동참했다.

선동가는 맨 뒤에 서서 사태를 지켜보며 자신의 업적(?)에 고무되어 방방 뛰었다.

이제 그 식상한 인간이 아닌, 전혀 새로운 유형의 인간이 등장했다.

지금은 불행이라고 부르는 자!

불행은 끊임없이 신선한 방식으로 자신을 자극했다. 그것만으로도 불행에 대해 높이 평가하는 룩센이다.

높은 점수를 받았으니 그에 합당한 상(?)을 줘야 한다.

'넌 이름이 뭐니? 특별할수록 평범한 게 좋은데. 뭐, 한스나 딕스라는 이름이었으면 참 좋겠는데.'

이놈… 감이 살아 있다.

딕스는 재수 없는 놈—룩센—의 기운을 포착했다.

물의 골렘 시리우스는 여전히 쌍마를 추격하고 있었지만 시간이 지날수록 두 골렘의 격차가 벌어지고 있었다.

하긴, 죽기 살기로 작정하고 달아나는 상대를 어찌 쫓아갈 수 있을까.

쌍마가 달아나기로 작정한 그 순간, 딕스의 기회도 함께 날아가 버렸다.

딕스는 자신이 좀 더 적극적으로 행동하지 못한 걸 후회했다.

약간의 양민 희생을 감수했다면 결과는 이렇지 않았을 것이다.

'앞으로는 희생이란 변수도 감안해야겠군.'

분한 노릇이었지만 오늘은 날이 아니다.

더 쫓아도 소득이 없음을 깨달은 딕스는 쌍마를 깨끗이 포기하려 했다.

그런데 생각지도 못한 놈이 등장했다.

쌍마와 함께 움직이다 사라진 제삼의 인물이 이 현장에 나타난 것이다.

딕스에게 룩센은 더 이상 제삼의 인물이 아니라 재수 없는 놈이 되어 있었다.

인간이 어떻게 하루 종일 꼼짝도 하지 않고 누워 있을 수 있단 말인가.

룩센은 딕스에게 꿩 대신 닭이다. 아니, 닭 대신 꿩일까? 어쨌든 딕스는 제 발로 알아서 기어와 목을 내미는 룩센을 기껍게 상대하기로 작정했다.

지금은 쌍마 때와 달리 주변에 양민 하나 없다.

거침없이 밟아줘도 된다는 의미다.

'쌍마 놈들, 누가 마인 아니랄까 봐 양민을 방패로 세우다니.'

딕스는 물의 척후를 통해 외부 상황을 파악했다.

당연히 자세한 상황까지는 알 수 없어 양민들이 자발적으로 쌍마를 도왔다고는 꿈에도 생각하지 못했다.

쌍마가 양민들을 겁박해 인의 장벽을 세우고 그 틈에 달아났다고 여겼다.

역시 마인… 악당답다고 생각했다.

하지만 실제 욕을 들어먹고 있는 건 딕스다.

만일 딕스가 이러한 사실을 추후에라도 알게 된다면 녀석의 성격상 양민 희생이란 변수를 최종적으로 승인하지 않을까 싶다.

뒤가 꼼꼼한 녀석이니.

룩센은 물의 골렘이 갑자기 사라지자 슬픔을 느꼈다.

한편으론 상황이 좀 더 흥미로워질 것 같은 생각이 들어서 기쁘기도 했다.

불행이 자신들을 쫓는 이유까지는 잘 몰랐지만 부둣가에서 불행의 목적을 깨달을 수 있었다.

제국의 뜻을 거스르는 자!

'연합인일까? 아리온스인일까? 아니면… 뮬? 거긴 허접한 겁쟁이들밖에 없는데. 연합 아니면 아리온스겠지.'

재수 없는 놈에게도 인정받지 못하는 나라, 뮬 공국.

룩셴은 허무와 지루함을 다시 몸에 감싸고 후일을 기약하려 했지만 강에서 때아닌 안개가 크게 생성되자 의문을 느꼈다.

그러다 안개가 일행을 괴롭혔던 날을 기억하곤 두 눈을 반짝였다.

큰 후드로 얼굴의 위쪽을 가리고 있어 외부에서는 이를 알 수 없지만.

룩셴은 안개가 다가오기를 느긋하게 기다렸다.

쌍마를 난처하게 만든 딕스의 실력 따위 안중에도 없다는 태도다.

"역시 넌 재수 없는 놈이구나. 네 죽을 자리를 알아서 찾아오다니. 뭐, 내 입장에서는 고마운 일이다만."

자신감 충만한 딕스의 낭랑한 음성이 안개 속에서 흘러나온다.

마스터와 마법사의 조합을 깨버렸는데 어찌 기세등등하지 않겠는가.

안개는 도넛 모양으로 룩셴을 감싸고 있었다.

사방으로 짙은 안개가 깔려 있지만 룩셴이 서 있는 중심부만 안개가 없었다.

딕스는 전격의 파울이 높이 평가한 룩셴에 대해 호기심을 갖고 있었다.

그래서 정체를 파악할 요량으로 말을 붙인 것이다.

이러다 제국에 대한 정보를 얻으면 덤이 아닌가.

이래저래 자신이 손해 볼 장사가 아니라 생각하는 딕스였다.

"불행인가? 흠, 목소리가 미성숙하구나. 목소리로 보아 십대 중반쯤 되겠군. 휴우."

룩센은 딕스의 목소리만으로도 그의 나이를 가늠하고 농도 짙은 실망감을 나타낸다.

사람에겐 누구나 신조가 있다.

룩센의 신조는 미성년자를 괴롭히지 않는다는 것이다.

그냥 죽일 뿐이다.

문제는 딕스를 그냥 죽이기에는 몹시 아깝다는 데 있다.

저대로 쭉쭉 자라주면 굉장히 흥미로운 인간이 될 듯싶었기 때문이다.

이처럼 룩센은 내부적으로 심한 갈등, 즉 딕스를 살려주느냐 죽이느냐를 두고 치열하게 고민하고 있었다.

이를 알 리 없는 딕스는 룩센의 느린 말투와 자신을 미성숙한 놈으로 치부한 것에 대단히 분개했다.

"자라나는 새싹에게 한번 짓밟혀 봐야 정신 차릴 놈이군. 나도 널 밟아주는 데 이의가 없으니 이걸로 된 건가."

어차피 곧 죽을 놈에게 친절한 말투를 사용할 필요가 없다.

두 번 다시 볼 일이 없기에 딕스의 말투는 처음부터 거칠다.

살아 있는 자는 말한다.

하지만 죽은 자라고 말이 없으란 법은 없다.

딕스는 룩셴을 죽여 놈의 소지품을 통해 정보를 알아보기로 했다.

정보란 많이 가질수록 유용한 법.

살심이 일자 딕스가 생성한 안개가 먼저 반응했다.

미리 소환해 둔 물의 골렘 시리우스 역시 반응한다.

딕스의 마법과 골렘의 힘이 합쳐진다.

룩셴 입장에서는 두 명의 적을 상대해야 하는 셈이다.

룩셴은 이를 전혀 알지 못했다.

뭐, 알아도 위축되지 않을 것 같지만.

"재밌구나, 재밌어. 정말… 유망주구나."

"미친놈."

딕스는 점점 더 기분이 나빠졌다.

경험상 저런 놈은 살려두면 꼭 두고두고 후회로 남는 법이다.

그래서 딕스는 전력을 다해 놈을 죽이기로 작정했다.

충천하는 살심, 요동치는 안개.

안개가 해일처럼 룩셴을 덮친다.

안개가 룩셴을 향해 해일처럼 몰려간다.

한데 어쩐 일인지 안개는 룩셴을 중심으로 사방 5미터의 간격을 두고 더 이상 전진하지 못했다.

흡사 거대한 벽에 가로막힌 듯 허공에 턱 막혀 버렸다.

'뭐지? 아무것도 없는데!'

룩센의 주변엔 아무것도 없음에도 안개가 전진을 못했다.

아니, 그 수준이 아니다.

지금은 빠르게 밀리고 있었다.

대체 무슨 힘으로 자신의 안개를 밀어낸단 말인가.

처음 겪는 일인 탓에 딕스의 놀라움은 이만저만이 아니다.

지금 같은 현상은 그에겐 비상식적인 일이었다.

기존에 존재하던 힘이 아니다!

딕스는 눈앞의 상대가 보통이 아님을 그제야 알아보았다.

'저건… 뭐하는 물건이야?'

당혹감을 누르며 딕스는 안개의 힘을 더욱더 키웠다.

딕스는 지금 다리에 강을 등지고 있다. 이는 물의 힘을 사용하는 딕스에게 최상의 환경이라는 뜻이며 상대보다 우위에 있음을 의미한다.

한데 우위를 점하고도 상대를 쓰러뜨릴 확신이 그의 내부에서 점점 흐려졌다.

딕스의 힘보다 룩센의 힘이 더 강했다.

안개가 점점 작아지고 농도 역시 흐려지는 것을 보니 확실했다.

딕스는 시리우스를 내보냈다.

물의 골렘이 룩센을 향해 저돌적으로 공격해 들어갔다.

골렘이 든 거대한 물의 쇠망치가 룩센에게 날아갔다.

룩센은 그 자리에 서 있을 뿐 괴이하게도 반응 자체를 하지 않았다.

이를 본 딕스는 눈살을 찌푸렸다.

물의 쇠망치가 룩센에게 부딪쳤다.

한데 비명도 파열음도 발생하지 않았다.

지면을 때리는 소리만 요란하게 울렸다.

'……?'

룩센이 사라졌다.

눈 한 번 깜빡이지 않고 지키고 있었음에도 딕스는 녀석을 보지 못했다.

단 한 번도 생각해 보지 못한 괴현상에 딕스의 놀라움은 몹시 컸다.

대체 놈은 무슨 방법으로 피했단 말인가.

섬뜩할 정도로 불가사의한 일이었다.

"여기 있었군, 불행이."

딕스는 등 뒤에서 들려오는 룩센의 음성에 몰골이 송연해졌다.

어느새 꼼짝할 수 없이 포위된 상태에 처한 딕스의 목뒤에 룩센의 단검이 닿아 있다.

조금만 움직여도 이 날붙이는 소년의 살을 베고 뼈를 가차 없이 긁을 것이다.

딕스는 극심한 무력감과 두려움에 사로잡혔다.

마법사가 된 이후 영영 작별했다고 여긴 너절한 감정들을 다시금 맛보았다.

할 수만 있다면 있는 힘껏 발로 뻥 차주고 싶었다.

매몰찬 현실 앞에서 이제 화가 나다 못해 슬프기까지 했다.

'…비참하군.'

마법을 숙련할수록 딕스는 자신의 삶을 자신이 결정할 수 있는 힘을 가졌다고 생각했었다.

실제로 5서클 마법사면 그런 생각이 크게 잘못된 것은 아니다.

상식을 벗어난 능력자 룩센에게 당한 뒤, 그 생각은 완벽하게 허물어졌고 먼지처럼 순식간에 날아가 버렸다.

딕스는 불과 몇 초 만에 자신감을 잃어버렸다.

지금은 하나만 생각해야 한다.

생존을 위한 전력투구가 절실히 요구되는 시점이다.

딕스는 동원 가능한 모든 내부의 자원을 이곳에 쏟아부었다.

살얼음판을 걷듯 극히 조심하면서 자신의 호흡, 억양, 미세한 움직임까지 통제하며 상대의 반응에 집중했다.

"빠르군, 정말 빨라. 좀 전의 놀람은 신기루처럼 느껴지는군."

딕스의 변화를 느낀 룩센이 덤덤히 말했다.

가벼운 어감이었지만 여기에 묻어나는 그의 감정은 들리는 것처럼 그리 가볍지가 않았다.

"놀랍군요. 당신처럼 움직일 수 있는 인간이 있을 것이라곤 상상조차 못했어요. 대체 어떻게 한 거죠?"

칼자루를 쥐고 있는 놈이다.

딕스는 상대의 기분을 최대한 배려했다.

이는 생존하고자 하는 자의 최소한의 예의다.

딕스는 이런 예의에 꽤나 밝은 편이었다.

일단 살고 보자. 살아 있어야 기회도 있는 법.

딕스가 제시한 답은 룩센에게 그에 대한 호기심을 충분히 갖게 하는 조건을 성립시켰다.

아니, 처음부터 룩센에게 딕스를 죽일 마음 따위는 없었다.

그에게 딕스는 무료하고 따분한, 그래서 우중충한 회색빛 세상에서 오랜만에 발견한 생생하게 반짝거리는 총천연색의 장난감이기에.

그렇다고 그냥 놓아주는 것도 룩센의 취향이 아니었다.

"역시 영악해. 하지만 그편이 재미있지. 이름?"

"예?"

"네 이름을 물었다."

"아! 예, 제 이름은 딕스입니다."

"좋군, 정말… 좋아. 출신지?"

딕스는 이 순간 크게 고민했다.

당장은 상대에게서 살의가 느껴지지 않는다.

문제는 살의를 일으키지 않고도 사람을 죽이는 자들이 더러 있다는 점이다.

순식간에 죽임을 당할 수 있다.

이보다 더 큰 문제는 가족들에게 놈이 해악을 끼칠 경우다.

이를 생각하니 자신의 생존에만 급급할 수가 없었다.

그의 침묵에 대한 보답으로 룩센은 딕스의 목뒤를 겨눈 단검을 망설임 없이 움직였다.

"…으음."

살짝 건드린 덕분에 살갗이 얇게 베였다.

이 정도 상처는 일상생활에서도 흔하게 입는다.

아픔은 없다.

정확하게 말하면 아픔을 느낄 여유가 없다고 봐야 한다.

죽을지도 모른다는 공포.

그 하나의 감정이 다른 것을 모조리 사라지게 할 만큼 커다랗게 밀려왔다.

딕스는 저도 모르게 입술을 깨물었다.

입술이 터져서 피가 흘러 꽤나 아플 텐데 전혀 아픔을 느끼지 못하는 딕스다.

"두 번 말하지 않게 해."

룩센은 친절한 말투로 딕스의 행동 방침을 정해주었다.

"뮬 공국입니다."

사람이 이리 비겁하고 치졸하고 한심할 수 있을까?

방금까지 가족의 안위를 걱정하더니 칼질(?) 한 번 당했다고 곧장 진실이 토해진다.

부지불식간에 일어난 일이다.

딕스는 자신의 입을 박음질해 버리고 싶었다.

딕스의 표정은 치욕감을 못 이겨 처참하게 일그러졌다.

"의외군. 뮬이라니……."

룩센은 딕스가 딕스라서 좋았다.

그의 기호에 딱 맞는 이름이었기 때문이다.

그런 딕스가 전혀 안중에도 두지 않던 뮬 출신이라는 말에 살짝 실망감을 느꼈다.

그러다 '뮬 출신이 왜 연합에 대한 제국의 은밀한 행사에 개입했을까?'라는 의문이 들었다.

의문이 생기면 보통은 이를 캐물어야 정상이다.

그러나 이 녀석은 전혀 그럴 생각이 없었다.

말투는 여전히 친절하다.

"몇 살?"

"여, 열여섯입니다."

"대단하군. 열여섯에 쌍마를 잡는 초천재 마법사가 등장하다니. 그 녀석이 널 알면 보고 싶어 하겠어. 그것도 열렬하게. 하지만 녀석과의 만남은 추천하고 싶지 않아. 그놈… 겉만 멀쩡한 진정한 미치광이거든."

룩센의 말에 딕스는 클라우드 폰 야니스를 떠올렸다.

견습 마법사가 되었지만 놈의 시기를 경계해 재능자인 척했다.

물론 엘리자베스 공주의 조언이 있어 그리했지만.

딕스는 자신의 신상 정보를 지키겠다는 생각을 단념했다.

지킬 수 없다면 과감히 버린다.

이리 마음먹으니 좀 더 침착해질 수 있었다.

'이자… 그놈을 싫어하는 것 같은데?'

칼자루 쥔 놈과 자신의 취향이 같다는 점에 딕스는 기분이 묘했다.

취향이 같다는 말은 놈이 원하는 것을 자신이 추측할 수 있을 가능성이 높다는 말이다.

딕스는 이 순간 놈이 자신을 살려줘야 할 이유를 갖게 해야 한다고 생각했다.

문제는 무엇으로 놈에게 그런 마음을 먹게 하느냐이다.

딕스는 머리를 맹렬하게 굴렸다.

굳이 사용하지 않아도 될 심력을 쏟아부으며 제 목숨 구할 방법을 궁리했다.

"이 년이다."

룩센이 뜬금없이 내뱉어 딕스는 마땅히 대꾸할 말을 찾지 못했다.

딕스에게서 별다른 반응이 없자 룩센은 다시 그의 목뒤를 칼로 얇게 벴다.

딕스는 정신이 번쩍 들었다.

동시에 기분이 굉장히 나빴다.

차라리 화끈하게 깊게 베라고 소리치고 싶었다.

얇게 베이는 느낌… 설명할 수 없을 만큼 기분이 더럽고 무섭고 분했다.

인격이 똥통에 처박히는 느낌이랄까?

딕스는 들리지 않게 이를 빠드득 갈았다.

한 번만 더 그딴 식으로 칼질을 하면 생존이고 나발이고 들이박아 버릴 생각이다.

놈에게 놀라운 재주가 있다면 딕스에겐 자폭의 재주가 있었다.

시리우스는 아직 소환된 상태였고 그에겐 시리우스를 자폭시키는 방법이 있다.

이는 마법사의 구명절기로 서클이 높을수록 대단히 큰 파괴력을 발휘한다.

문제는 그 구명절기의 폭발 범위에 자신 역시 들어가 있는 처지라는 점이다.

"이 년 후에 널 죽일 생각이다. 한마디로 넌 시한부가 되었다는 거야. 반대로 내가 시한부가 될 수도 있겠지. 재미난 게임이 아니냐?"

"그, 그 말씀은… 님이 절 살려주신다는 말씀?"

순간적으로 격분해 자폭까지 결심했던 딕스다.

분노와 공포, 좌절과 무력감 따위가 뒤섞여 감정이 흉포해진 상태였다.

하지만 룩센의 친절한 설명에 그 감정은 눈 녹듯이 사라졌다.

살려준다는데 굳이 그를 미워해 자폭할 이유란 없었다.

이 년의 기한을 왜 주는지 따위는 중요하지 않았다.

중요한 것은 자신에게 다시 기회가 주어졌다는 것이다.

"그래, 대신 넌 내게 네가 소중하게 여기는 것 하나를 줘야 한다. 담보라고 생각해."

세상엔 공짜가 없다.

평소 자신의 입버릇이기도 한 진리를 미친놈에게서 배운다.

또다시 두 사람에게서 공통점이 발견됐다.

딕스는 이를 갈며 인적 없는 다리에 강변을 걷고 있었다.

그의 머릿속은 뇌가 익어버릴 정도의 폭염이 기승을 부리고 있다.

터질 것 같은 분노와 상실감에 그는 몸서리쳤다.

룩센은 딕스를 살려주는 조건으로 그에게 소중한 것을 내놓으라고 했다.

그때 반사적으로 딕스가 제일 먼저 떠올린 것이 7,234,235골드가 들어 있는 자신의 통장이었다.

딕스는 이 돈을 룩센에게 모조리 빼앗겼다.

돈을 찾고 싶으면 이 년 후에 룩센을 찾아가야 한다.

찾아가지 않으면 돈도 못 찾을 뿐더러 그의 주변인들까지 떼죽음이다.

갈취와 협박!

'제길, 뜯어본 적은 있어도 뜯겨보긴 또 처음이네.'

신선하다.

하도 신선해서 미치고 팔짝 뛸 노릇이다.

앞으로 이 년 후를 생각하면 눈앞이 절로 캄캄해진다.

룩센을 극복하는 일이 이제 그의 인생 최대의 과제가 되었다.

이 문제를 해결하지 못하면 진정 슬프게도 자신의 목숨은 시한부임을 인정해야 한다.

듣도 보도 못한 룩센의 괴이한 능력을 어찌 상대할지 감도 오지 않는다.

복잡한 생각에 잠겨 무작정 걷던 딕스는 룩센에게 베인 목 뒤의 상처를 그제야 느꼈다.

따갑다.

등 전체가 축축해진 느낌이다.

"상처도 까맣게 잊었다니."

딕스는 물가로 향했다.

잔잔하게 흐르는 수면에 얼굴을 비춰 보니 혈색이 말이 아니었다.

자신의 얼굴을 보니 다시 한숨이 터져 나온다.

5서클 마법사면 결코 약하지 않다.

약하긴커녕 어디 가도 큰소리 뻥뻥 칠 수 있는 실력이다.

쌍마를 이기면서 하늘 높은 줄 모르고 솟아올랐던 기분이 룩센을 만난 이후 바닥으로 곤두박질쳐 무덤까지 파고 들어갈 기세로 떨어졌다.

희비의 폭이 커도 너무 큰 하루가 아닐 수 없었다.

"휴우, 앞으로 어쩔래?"

수면에 비친 자신의 모습을 보고 딕스는 한숨을 내쉬며 말했다.

상식을 벗어난 힘.

과연 그에 맞서 자신은 해답을 찾아낼 수 있을까? 앞으로 하루하루가 몹시 고통스러울 것 같다는 느낌을 도저히 떨칠 수 없는 딕스였다.

당장은 핏물을 씻어내는 게 먼저.

딕스는 옷을 벗었다. 상의가 온통 피범벅이다.

"출혈사 하지 않은 것만 해도 다행이군. 미친 새끼, 좀 적당히 하지."

말투는 시건방지다.

하지만 그의 얼굴은 창백하게 질려 떨리고 있다.

신경질적으로 옷을 한쪽에 던져 둔 딕스는 물속으로 뛰어들었다.

풍덩!

눈을 꼭 감은 그의 몸이 점점 아래로 아래로 내려간다.

그때, 물속에 잠긴 그의 주변으로 신비한 현상이 벌어지기 시작했다.

그가 흘린 피와 물이 만나면서 발생한 현상이었다.

룩센을 격파할 방법과 현재의 답답한 기분을 달래느라 바쁜 딕스는 여전히 두 눈을 꼭 감은 채였다. 그저 물의 느낌만 온전히 느끼고 싶을 뿐이었다.

그래서 외부에서 벌어지고 있는 이 놀라운 현상에 대해서 딕스는 보지 못했다.

눈만 뜬다면, 눈꺼풀만 살짝 위로 올린다면 될 텐데.

'방법이… 방법이 없을까?'

제5장

벽에 똥칠할 때까지 살자!

딕스와 쌍마의 전투는 제국의 음모를 사전에 분쇄하는 분수령이 되었다.

제국과 손을 잡기로 한 적극적인 소수 부족의 족장과 그 주변인들이 한날한시에 모두 암살당했고 호전적인 기질이 강한 부족은 갈가리 찢겨 부족민들은 연합의 동서남북으로 흩어져 살게 되었다.

소수 부족에 대한 연합 차원에서의 강력하고도 은밀한 징계가 단행된 것이다.

서슬 퍼런 그 손길은 야니시아의 전격의 파울에게도 미쳤다.

그의 경우는 야니시아의 족장이 적극 옹호하고 나서면서 처벌 상황까지 이어지지는 않았다.

야니시아의 족장이 나선 것은 세간의 눈으로 볼 때 의외였으나 속사정을 살펴보면 당연한 결과다.

딕스가 연합으로 찾아온 목적을 알게 된 파울은 선택의 기로의 놓이게 되었다.

당장의 자이라인지, 아니면 자이라의 미래를 책임지게 하고 싶은 딕스인지.

고심 끝에 파울은 후자를 선택했다.

물론 순순히 그러자고 할 파울은 아니었다.

그는 딕스에게 커다란 숙제를 안겨주었다.

쌍마와 제삼의 인물을 막으라는 위험한 과제를.

"…굶고 다녔느냐?"

룩센과의 싸움에서 처참하게 당한 딕스는 파울의 저택으로 돌아왔다.

늘 깔끔하던 그의 행색은 쌍마와 룩센을 상대하느라 지쳐 형편없이 남루했다.

이 모습은 파울에겐 의외일 수밖에 없었다.

지난날 장장 19개월을 자신에게 쫓겨 달아나면서도 자기 관리에 철저했던 소년이었다.

한데 고작 이십여 일만에 돌아온 딕스의 행색은 말이 아니었다.

그저 겉모습만 남루했다면 그러려니 하고 넘어갈 수 있다.

중요한 것은 소년의 표정과 눈빛이 전에 없이…

"좀 굶었습니다."

진지하다는 데 있다.

대체 소년에게 지난 이십 일은 어떤 시간이었기에 사람의 기질이 저토록 달라질 수 있을까? 내색은 하지 않았지만 파울의 속내는 상당히 복잡했다.

자고로 성장이란 점진적이어야 한다.

그래야 어떤 상황이 닥쳐도 흔들리지 않을 튼튼한 내성이 길러진다.

뭐든 급작스러운 것은 부작용이 있게 마련.

파울은 쌍마와 제삼의 인물을 막으라는 자신의 숙제가 딕스에게 너무 과했을지도 모른다는 생각이 이제야 들었다.

사실 파울이 내준 숙제는 그 혼자 해결하라는 것이 아니었다.

소문을 들어보니 혼자서 그 모든 부담을 짊어졌다는 것을 알게 되었다.

미련함일 수도 있고 자만심일 수도 있다.

후자의 상황이라면 이 기회가 오히려 그에게 복이 될 터였다.

이를 알아보기 위해 파울은 딕스를 꼼꼼히 살폈다.

"밥은 굶어도 씻고는 다녀라. 날도 더운데."

"9월입니다."

냉소를 띤 진지함.

딕스의 태도에 파울은 말 붙이기가 버거웠다.

상대는 대화를 거부하고 있었다. 아니, 귀찮아 하고 있었다.

괘씸했지만 지금의 분위기로 보아 그 같은 감정을 드러내면 자신만 유치한 인간이 될 것 같았다.

파울은 한발 뒤로 물러나서 그를 지켜보기로 결정했다.

자신의 선택에 대해 결코 후회를 모르는 남자가 파울이다.

"레이첼 양은 시모나와 함께 외출 중이다. 네가 돌아왔다고 그녀들에게 알리마. 다들 반가워할 것이다."

레이첼이 제 여자가 될 것이라고 선언했던 딕스다.

설마 제 여자의 일에도 저리 냉소적일까 싶어 그의 변화를 관찰하려고 일부러 그녀의 이름을 언급했다.

"피곤합니다. 올라가서 쉬고 싶습니다."

"…음."

파울은 딕스에게 한마디 하려다 이내 그만두었다.

"하비옷 총관에게 네 방을 치워두라 했다. 앞으로 그 방은 너만의 방이 될 것이다. 쉬고 싶다니 올라가 보아라."

딕스는 아무런 반응을 보이지 않고 마치 유령이 움직이듯 일어섰다.

확실히 이 모습은 이전 딕스의 행동거지와 너무 다르다.

탁.

파울의 표정이 크게 변했다.

'이것이 좋은 건지 나쁜 건지 모르겠구나.'

소문을 종합하고 상황을 알아보니 다리에 강 하류의 전투는 딕스의 완벽한 승리다.

문제는 승리자의 내면에 큰 변화가 생겼다는 것이다.

한데 그것이 좋은 방향인지 나쁜 방향인지 정확하게 짚을 수 없었다.

"이건… 내 숙제인가?"

딕스는 무일푼의 알거지가 되었다.

빼앗긴 돈이 아깝지만 돈이야 벌면 된다.

하지만 목뒤에 남은 미세한 흉터, 이것은 평생을 안고 가야 하는 낙인이다.

이 낙인은 시간이 지날수록 무거워졌고 심한 불쾌감을 유발시켰다.

욕지기가 나올 듯 치밀어 오르는 기분을 떨치려 딕스는 별의별 짓을 다 했다.

기분은 여전히 나아지지 않았다. 긍정적으로 변화되지도 않았다.

머릿속에 온통 룩센에 대한 증오뿐이다.

'갈가리 찢어버리고 말겠다!'

놈을 만나면서 황당함을 알았고 두려움을 깨우쳤으며 빼앗긴 자의 설움과 약자의 수치심도 배웠다. 지금은 그 모든 것들이 하나로 단단하게 뭉쳤다.

그 하나의 이름은… 복수심!

룩센과 관련된 것이라면 그게 무엇이든 결코 온전하게 두지 않으리라.

딕스는 지금 단단히 벼르고 있었다.

파울의 저택으로 돌아온 지 열흘이 지나도록 딕스는 자신의 방 안에서 나오지 않았다.

걱정이 된 레이첼과 시모나가 여러 번 찾아왔다.

오죽하면 그를 지켜보겠다고 결정을 내렸던 파울도 걱정이 되어 왔을까.

찾아온 자들을 딕스는 피하지 않고 만났다.

겉으로 보기엔 평온해 보이기까지 했다.

하지만 그들은 딕스를 만나본 후 더욱더 그를 걱정했다.

세상은 어느덧 갈색의 풍요를 노래하고 있었다.

하늘은 청명하고 높았으며 창고마다 햇곡식이 쌓였다.

도시는 도시대로, 농촌은 농촌대로 풍요의 계절에 들떠 있었다.

'돌아가야 할까? 아니면…….'

창턱에 앉은 딕스는 자신의 행보에 대해서 심사숙고 중이었다.

이대로 공국으로 돌아갈 수는 없었다.

룩센이란 놈이 분명 자신의 상황을 알아보려 할 것이다.

말로는 이 년의 유예 기간을 준다고 했지만 실제로 그럴 것인지는 알 수 없다.

기분 나쁘지만 놈에게 자신은 무료한 일상을 달래주는 장난감에 불과했다.

그 자신이 통장의 잔액을 매일 확인하며 기뻐했듯 룩센도 아마 그러리라 짐작하는 딕스다.

확실히 그의 짐작은 정확했다.

한숨을 쉬며 무심코 내려다보니 창문 아래로 레이첼이 지나가고 있었다.

고민을 잠시 내려둔 딕스는 그녀에게서 눈길을 떼지 않았다.

그의 눈길을 느꼈음인지 레이첼이 돌아서서 고개를 들었다.

레이첼의 얼굴이 많이 수척해져 있었다.

이제야 이를 알아본 딕스다.

자신의 여자로 삼겠다고 공언한 여자다.

그런 여자가 지금 힘들어 하는 모습으로 저기 서 있다.

자신만의 공고한 성벽에 틀어박혀 있느라 좀처럼 그녀에게 신경을 쓰지 못한 스스로를 꾸짖는다.

레이첼이 용기를 내어 그에게 말을 걸어온다.

"저기, 시장에 갈 건데 같이 가실래요?"

"기다려."

딕스가 따라나선다고 하자 레이첼은 깜짝 놀랐다.

최근의 그는 자신을 안중에도 두지 않는 것같이 행동했다.

아니, 다른 이들과 똑같이 대했다.

이를 느낄 때마다 그녀는 심장이 콕콕 찔리는 아픔을 느꼈다.

요즘은 걷다가, 먹다가, 자다가, 책을 보다가 갑자기 주체하기 힘든 눈물을 쏟아내기도 했다.

내내 쌓여 있던 그 감정에 숨이 막힌 레이첼은 이를 해결하기 위해서 외출을 결심했다.

그렇다 해도 갈 데라곤 고작 시장뿐이었다.

그렇게 제 속을 달래려 나서다 딕스를 보게 되었다.

그 모습을 보자 자신도 모르게 함께 시장에 가자는 제안을 하고 말았다.

이 말을 하고 난 후 레이첼은 크게 후회했다.

상대가 분명 싸늘하게 거절할 것이라 지레짐작했다.

한데 너무 쉽게 함께 가겠다고, 기다리라는 말을 들었다.

따지고 보면 정말 별일 아니다.

그저 시장에 같이 가는 것뿐인 진짜 별것 아닌 일이다.

그런데 그 말이 너무 기쁘고 고마운 나머지 레이첼은 눈물이 다 났다.

글썽글썽.

"눈에 먼지 들어갔어?"

다 큰 계집애가 울고 서 있었다.

그 모습을 보자 딕스는 내심 당황했다.

저 표정과 눈물은 결코 눈에 먼지가 들어가서 흘리는 게 아니다.

이를 분명 인지하고 있는데 말은 이따위다.

후회막급!

"예, 큰 게 들어갔나 봐요."

레이첼은 자신의 부끄러움을 숨기면서 그가 자신에게 보여준 관심을 놓치지 않기 위해 그의 말에 동조했다.

수줍어하면서도 적극적인 그녀의 태도가 딕스의 눈에 고스란히 보인다.

레이첼이 호응해 주자 딕스는 기분이 한결 좋아졌다.

비효율적인 유치한 대화를 이어나갈 수 있는 것이 갑자기 고맙게 느껴졌다.

"쯧쯧, 내 여자의 호수 같은 눈이 말썽이었군."

딕스는 당당하게 그녀의 눈을 칭찬했다.

레이첼의 얼굴이 터질 만큼 빨개졌다.

눈물을 그렁그렁하게 눈꼬리에 단 채 어색하게 몸을 쭈뼛거리는 레이첼이 몹시 귀여웠다.

어떤 반응을 보여야 할지 몰라 쩔쩔매는 그녀의 행동이 딕스의 꽁꽁 얼어붙은 마음을 훈훈하게 보듬는다.

"죄, 죄송해요."

죄송하다? 뭐가? 눈이 크고 아름다워서 그런 뜻이라면 굳이 사과할 필요 없다.

레이첼의 행동이 딕스의 기분을 풀어준다.

지속적인 집착과 스트레스는 일의 실마리를 풀기보다 더 꼬아버린다.

딕스의 경우가 바로 그런 상황이었다.

그 상황을 레이첼이 풀어내고 있다.

물론 그녀의 의지가 작용해서가 아니다.

자연스럽게 이루어진 결과다.

"죄송한 건 아는군. 아니까 용서해 주지. 대신 그 눈은 앞으로 나만 봐."

…잡았다! 딕스가 먼저 레이첼의 손을.

기적 같은 속도의 진도다.

과감한 딕스의 행동에 레이첼은 그 자리에서 석상이 되어버렸다.

콩닥콩닥.

레이첼의 귓가는 방정맞게 뛰는 제 심장 소리로 가득 차서 그 무엇도 들리지 않는다.

"레이첼, 레이첼, 어디 아프냐?"

겨우 진정한 레이첼은 자신을 빤히 응시하는 딕스의 까만

눈동자에 화들짝 놀랐다.

어느새 그의 얼굴이 바로 앞까지 다가와 있어 그녀는 숨도 쉴 수 없었다.

신비로운 눈동자다.

처음 저 눈을 봤을 때 그녀는 영혼이 얼어버릴 것 같은 충격을 받았다.

검은색을 병적으로 싫어했던 레이첼이지만 지금은 온통 검은색으로 이루어진 눈동자가 세상에서 가장 아름다워 보였다.

그 아름다운 세계가 오직 자신만이, 온통 자신으로만 채워져 있다.

두근!

"뭐, 뭐라 하셨어요?"

"얼굴도 빨갛고, 몸도 떨고, 호흡도 거칠고, 심박 수도 빠르고. 어디 아픈 거 아니냐고."

딕스의 진단에 레이첼은 부끄러움에 주저앉아 버리고 싶었다.

"아, 아니에요."

레이첼은 딕스에게 경제적으로, 심적으로 많이 의지하고 있었다.

그가 자신의 여자라고 할 때마다 거부감이 들었다.

정확하게 말하면 자신이 물건처럼 거래되는 것 같아서 그게 싫었다.

그녀는 이를 피해 의식이라 스스로 단정했고 고쳐 보려고도 했다.

문제는 딕스 앞에만 서면 늘 몸과 마음이 따로 놀았다.

지금처럼.

"감기가 아니면 그만이지 그렇게 소스라칠 필요는 없잖아."

"예에? 가, 감기요?"

누가 봐도 딕스가 줄줄 나열한 진단의 결과는 '상사병'이어야 옳았다.

레이첼 역시 은근히 그럴 거라 생각했다.

그런데 뜬금없이 감기가 등장했다.

당황해서 어쩔 줄 몰라 하는 레이첼을 향해 피식 웃음을 날려준 딕스는 그녀의 손을 잡아끌었다.

"어, 어디 가요?"

"시장 가자고 한 사람은 너야."

"아… 예에."

"치매냐?"

"서, 설마요."

"레이첼."

"예."

"우리… 벽에 똥칠할 때까지 살자."

참으로 더럽고 저렴한 멘트다.

하지만 이 속엔 딕스의 고뇌와 현재의 복잡한 심경을 이겨내려는 굳은 결의, 진정성이 가득 담겨 있다.

문제는 이를 받아들이는 레이첼의 입장.

"시, 싫어요."

당혹한 목소리로 소리친 레이첼이 그의 손을 뗄치고 앞으로 달려 나간다.

딕스가 인상을 와락 구긴다.

'…제길, 오늘 어깨에 손을 없는 것까지는 할 수 있었을 텐데.'

녀석이 다시 돌아왔다.

연합에서의 딕스의 임무는 끝났지만 그는 귀국하지 않고 파울의 집에 머물렀다.

파울이나 자이라 부족민에게 있어 딕스는 더 이상 남이 아니었다.

저택의 주인과 일꾼들 모두 그를 작은 주인으로 모셨으며 그가 저택 밖을 나서기라도 하면 모두가 왕자처럼 그를 대했다.

처음엔 이해되지 않은 환대에 어색하고 민망했던 딕스는 이를 이제 담담하게 받아들였다.

오랜만에 딕스는 새벽 훈련에 나왔다.

파울은 벌써 저택을 두 바퀴나 돌고 있었다.

이제 막 세 바퀴를 돌려고 할 때 훈련을 시작하려는 딕스와 마주쳤다.

내내 방 안에 박혀 룩센을 상대할 방법을 모색한 딕스였지만 습관적인 주변 정찰 활동은 멈추는 일이 없었다.

이전보다 더 강화했다.

"뛰겠느냐?"

파울은 평소와 똑같이 딕스를 대했다.

그의 태도만 보면 어제도 함께 뛴 것처럼 느껴진다.

딕스는 이를 느꼈다.

자신이 파울과 주변 사람들에게 걱정을 끼쳤음을 새삼 깨달았다.

미안한 마음에 당분간 굉장히 친절한 사람이 되어줄 생각이었다.

하지만 굳이 그럴 필요도 없이 다들 약속이라도 한 듯 평소와 다름없이 대해주었다.

화를 내거나 지나치게 간섭할 수는 있어도 평범하게 대하기란 쉽지 않은 일이다.

때문에 딕스는 파울이나 다른 주변인들에게 고마움을 느끼고 있었다.

진심이 크다 보니 오히려 이를 표현 못 하는 딕스다.

"사부님, 평소보다 두 바퀴 더 뛰어야겠네요. 헤헤."

"봤더냐?"

"제가 이래 봬도 쌍마를 물리친 마법사입니다."

과장을 더한 그의 너스레에 파울은 담담하게 고개를 끄덕였다.

"뛰자."

파울이 앞서 달렸다.

그의 뒷모습을 잠시 바라보던 딕스는 머리를 긁적였다.

'정말… 멋진 영감이라니까.'

전격의 파울.

한때는 지독하게 미워했다.

그랬는데 지금은 마음에 꼭 든다.

딕스는 잠시 저택을 둘러보았다.

'여긴 평당 얼마나 하지?'

파울은 재력가다.

자이라 부족민 역시 야니시아 부족에 속한 소수 부족 중에서도 부유함으로만 따지자면 1위다.

파울은 개인적으로도 부자지만 위급할 때는 부족의 자금도 언제든 사용할 수 있다.

땡전 한 푼 없는 처지에 사부의 재산이 참으로 곱고 먹음직스럽게 보이는 딕스다.

군침을 흘리던 딕스는 정신을 차리고 파울을 쫓아 뛰었다.

두 사람은 곧 어깨를 나란히 했다.

둘은 말없이 열 바퀴를 돌았다.

그 사이 단 한마디의 말도 나누지 않았다.

오직 뛰는 데 전력을 다했다.

그렇게 평소의 운동량의 절반을 소화했을 때 둘은 약속이라도 한 듯 속도를 늦추며 달렸다.

파울이 딕스를 흘끔 보더니 뜬금없이 말했다.

"풍차를 아느냐?"

"예."

딕스는 풍차를 언급하는 파울이 이상스러웠지만 멋지고 돈도 많고 자신을 친자식처럼 챙겨주려 하는 사부의 말에 얌전하게 대답했다.

딕스의 경청 자세에 만족한 파울이 말을 이어나간다.

"풍차는 겉보기에 참으로 단순한 구조다. 하지만 실제 그 안을 살펴보면 수많은 부속품들로 이루어져 있음을 알 수 있다. 복잡한 내부는 늘 사람들이 관리한다. 인간도 마찬가지다. 더욱이 어중간한 인간이 아닌 정상을 향해 나아가는 자들에게 자기 관리는 신중하고 철저해야 한다."

파울이 왜 풍차 이야기를 꺼냈는지 딕스는 그제야 알아차릴 수 있었다.

딕스는 진지하게 파울을 바라보았고 마침 자신을 향해 고개를 돌린 파울과 눈이 마주쳤다.

눈빛으로 딕스는 파울에게 고마움을 전했다.

전에 없던 제자의 태도에 쑥스러움을 느낀 파울이 헛기침을 하며 속도를 올렸고 딕스는 그에게 보조를 맞추었다.

다시 파울의 풍차 이야기가 시작됐다.

사실 풍차를 거론한 것이 아주 뜬금없는 소리는 아닌 것이 자이라 부족민이 쌓은 부의 출발이 풍차가 토대였기 때문이다.

여기서 창출된 이익을 투자해 자이라 부족은 오늘 날의 부를 이룩할 수 있었다.

풍차의 최초 도입자가 젊은 시절의 전격의 파울이다.

"난 기본을 중요하게 여긴다. 개인이 성장하기 위해서는 기본적으로 규칙적인 생활과 철저한 자기반성과 엄중한 관찰의 시간을 빼먹지 말아야 한다. 사람들은 손해는 보지 않으려 하면서 행복한 삶을 원한다. 대부분의 사람들이 그렇지. 그래서 그들은 더 위로 가거나 아래로 내려가기보다는 중간에 머무르려 한다. 그러한 삶은 분명 그들 자신과 가족에게 행복을 선물한다. 그들에게 그건 최선의 방법이니까. 하지만 너와 나 같은 존재는 다르다. 우리는 자신을 갈고닦아 최고가 되도록 최선을 다해야 한다. 최고가 되지 못하면 언젠가는 처참하게 무너지게 된다. 내 너의 방황… 그리고 두려움을 보았다. 그것이 어디에서 기인한 것인지 묻지 않겠다. 네가 나를 인정하든 인정하지 않든 넌 나의 제자다, 딕스."

파울의 마지막 말에 딕스는 순간 감동해 울컥했다.

눈물이 흘러나와 갑자기 앞이 뿌옇게 흐려졌다.

이를 들킬까 봐 딕스는 황급히 눈가를 훔쳤다.

자연스럽게 닦으려고 했지만 마스터의 눈이 어찌 이를 놓치겠는가.

알고도 파울은 모른 척했다.

"제 인생에… 사부님은 한 분뿐입니다."

전격의 파울.

'그래, 이제 당신이 내 인생의 유일한 사부다!' 라고 딕스는 내심 선언했다.

"고백이냐? 흠, 별로군."

"사, 사부! 나도 별롭니다."

"삐쳤냐?"

능글능글 웃으며 제자 놀리는 재미에 푹 빠진 파울이다.

평소 엄격한 모습에서는 전혀 상상할 수 없는 장난기에 당황스러웠지만 정작 파울의 태도는 무척 자연스럽다.

딕스는 파울의 새로운 점을 오늘 발견했다.

그 점이 또 마음에 든다.

"아니요."

"말투에 예의가 빠졌구나."

"꼬박꼬박 예의를 차려줘요?"

"됐다. 사실 네놈이 차린 그 예의… 정말 밥맛이었다. 기름진 가식 덩어리랄까? 내 오늘 너의 담백한 모습을 보니 기분이 좋구나."

앞을 바라보는 파울의 옆얼굴이 마음에서 우러나오는 웃음을 짓는다.

이를 본 딕스는 멋쩍은 표정으로 피식 웃으며 황급히 전방으로 고개를 돌렸다.

마음을 가다듬고 처음부터 새롭게 시작하자는 결의를 다진 첫날, 그의 곁에는 든든한 사부가 있었다.

어쩐지 거리감이 느껴지던 사부는 진심으로 다가와 불안하고 두려운 마음을 달래주었다.

예지몽을 꾼 이후 딕스의 세상은 백팔십도 달라졌다.

모든 것이 달라진 세상, 그리고 과중한 책임감이 그의 작은 어깨를 숨 쉴 틈도 주지 않고 내내 짓눌렀다.

누군가의 도움을 받고 싶었다.

하다못해 조언이라도 구하고 싶은 심정이었다.

열두 살이 감당하기에 참으로 무거운 비밀이었기 때문이다.

주변을 아무리 둘러보고 찾아봐도 도와주거나 조언해 줄 만한 사람이 없었다.

그 자리에서 소년이 할 수 있는 일은 현재를 충실히 해 조금이나마 미래를 바꾸려고 노력하는 게 고작이었다.

재능자!

고작 그 신분 하나 때문에 가족의 생명과 미래를 바꾸어야 했다.

그래서 딕스는 할 수 있는 모든 것을 다 했지만 때론 자신의 모습에 맥이 빠지고 환멸을 느꼈다.

그럴 때마다 그는 다른 것에서 즐거움을 찾았다.

그 어떤 상황에서든 소소한 행복을 찾는 버릇은 바로 이때부터 형성됐다.

소년은 자신의 번잡하고 무거운 속내를 감추기 위해 여러 가지 가면을 만들었고 이를 수시로 사용했다.

그러다 보니 이제 어떤 게 자신의 본 얼굴인지 까먹게 되었다.

오늘 파울은 딕스가 애써 지웠던 본래의 모습을 잠깐이나마 돌아오게 했다.

"사부만 그리 생각하지 다른 사람들은 다들 좋아라 합디다."

"쯧쯧, 다른 사람 눈치 보고 산 게 자랑이다."

두 사람의 말투는 점점 가벼워졌다.

그 가벼움 속에 서로에 대한 신뢰와 애정이 새로 피어났다.

딕스는 단 한 번도 타인, 아니, 가족에게도 내비치지 않던 속내를 파울에게 내보인다.

"사부도 내 입장이 되어보면… 그럴 거예요."

뛰는 속도를 살짝 늦추며 파울이 딕스를 돌아보았다.

파울의 시선을 마주 보는 게 쑥스러워진 딕스는 괜히 투덜거렸다.

"뭔 마스터가 겨우 그거 뛰었다고 힘들어서 속도를 늦춘답니까? 마법사인 나도 팔팔한데."

"기름진 가식을 버리니 감정이 얼굴에 그대로 보이는구나. 하하! 소년답다, 소년다워."

파울은 딕스가 내보인 진짜 모습에 진심으로 기뻐했다.

틀을 만들었으면 그 안을 꼭꼭 채워야 한다.

이후 다 채우고 쓰인 틀은 버리고 새로운 틀을 만들어야 한다.

이것이 도약이며 성장이다.

파울은 이를 깨달음이라고 정의했다.

이제까지의 딕스는 이미 꽉 찬 틀을 갖고 이러지도 못하고 저러지도 못한 채 매달려 있었다.

버릴 때가 된 것 같은데 버릴 생각을 전혀 하지 않았다.

옆에서 버리라고 말한다고 해도 쉽게 버릴 수 있는 게 아니다.

그것은 스스로 깨달아야 한다.

딕스는 룩센과의 만남을 통해 그 계기를 얻었다.

파울은 돌아온 딕스에게서 이를 느낄 수 있었다. 그래서 침묵하며 기다려 주었다.

출산은 산고를 동반하는 게 지극히 당연한 자연 현상이다.

스승은 제자의 산고를 묵묵히 지켜보는 것으로 본분을 지

컸다.

이제 새롭게 도약할 마음의 틀을 만들어 다시 채워가려는 제자를 보니 그보다 앞서 간 선배로서 조언 한마디 풀어줄 생각이었다.

그러다 보니 나온 것이 풍차를 통한 비유법이었다.

"풍차 얘기나 해보세요."

"원한다면 얼마든지 해주마. 하나 세상엔 공짜란 없다. 난 너그러운 사부니까 후불제로 해주마."

알뜰한 사부와 그 제자다.

외상 거래의 무서움을 딕스는 알지 못한다.

일단 손에 쥐면 모두 다 제 것이라고 믿는 이가 바로 딕스다.

그래서 그는 후불제란 매우 중요한 말을 그냥 흘려들었다.

하나뿐인 제자를 설마하니 알거지로 만들기야 하겠는가.

"너에겐 새로운 틀이 필요하다."

"음… 그건 어디서 구합니까?"

"여기."

파울의 손가락이 딕스를 가리킨다.

모든 해답은 자신 안에 있다.

가장 가까운 곳에 있지만 가장 어려운 것이 자신의 안에서 답을 구하는 일이다.

"그건 저도 압니다."

"알면 되었다."

"간단한 방법이 없냐는 겁니다. 저한테… 시간이 좀 없거든요."

"간단한 방법이라. 물론 있지."

역시 사부님이다!

딕스는 파울이 갑자기 크게 존경스러워졌다.

사실 질문은 했지만 방법이 없음을 누구보다 딕스 본인이 잘 알고 있었다.

깨달음이라 불리는 이 신비로운 괴물은 결코 쉽게 잡히지 않고 어디에 있는지도 알 수 없다.

자신의 질문이 억지라는 것을 알면서도 혹시나 하는 마음에서 물어본 것이다.

절박했기에.

한데 파울은 그 정답을 안다고 자신 있게 말한다.

이러니 딕스가 홀딱 빠지지 않을 수 없다.

성장의 방법을 안다면 룩센, 딕스에겐 영원한 재수 없는 그 개자식을 1년 365일 알뜰하게 투자해 잘근잘근 씹고 뜯고 찢어줄 생각을 품고 있었다.

패배는 감내하지만 놈에게서 받은 치욕은 절대 잊을 수 없는 딕스였다.

꿀꺽.

"그 방법이 무엇입니까?"

"이 사부 곁에서 이 년만 구르면 된다."

파울이 제안한 이 년이란 시간은 딕스에게는 너무 빠듯하다.

방법을 구하다 목숨을 잃을 판이다.

그리고 자고로 물건은 흥정해 깎는 맛이지 않은가.

"너무 길어요. 줄여주세요. 제가 이래 봬도 대륙 역사상 단한 번도 등장한 바 없는 초유의 천재거든요. 뭘 그리 찌푸리며 보십니까? 사부님도 아실 텐데 새삼스럽게. 저기, 사부님."

열여섯 살에 5서클 마법사!

오만으로 스프를 만들고 거만으로 빵을 만들어 오만과 거만을 매일같이 섞어 먹어도 누구 하나 손가락질할 수 없는 위엄을 달성했다.

이처럼 역사에 길이길이 남을 위업을 달성했으나 천성적으로 몹시 겸손(?)한 딕스는 이를 일언반구도 하지 않았다.

이 얼마나 깊고 굳은 심지의 사나이란 말인가.

그런데 그 심지에 룩센이 제대로 불을 붙였다.

치지지지지직.

한 번 불이 붙자 불씨는 꺼질 줄 모르고 매일 활활 타올랐다.

"너의 천재성을 입증해 보아라."

사실 파울도 딕스의 경지에 대해 정확하게 알지 못한다.

다만 그가 재능자에서 마법사가 되었음을 어렴풋이나마 짐작할 뿐이다.

이제 파울이 딕스로 인해서 깜짝 놀랄 차례다.

아니, 영혼을 빼앗길 차례다.

"참, 소박한 제 친구를 보여 드릴게요. 이름이 시리우스랍니다, 사부님."

                    *   *   *

엘리자베스 폰 뮬 공주, 그녀에게 딕스는 든든한 비장의 카드였다.

한데 그 비장의 카드가 당분간 연합에 머물겠다는 뜻을 그녀에게 전했다.

그때는 공주가 한창 싱그로아 왕국의 안소니 국왕으로부터 받은 청혼 문제로 골머리를 앓고 있을 때였다.

안소니 국왕의 청혼 소식에 온 공국이 반가움으로 들떴다.

그 동안 공국을 찾은 상인이나 여행객, 관광객들을 통해 싱그로아의 역량과 현 통치자인 안소니 국왕에 대한 칭송을 전해 들었기 때문이었다.

국혼이 가져올 막대한 경제적 이익과 안보, 외교적인 문제를 언급하며 국내의 여론은 공주의 결혼을 적극적으로 추진하자는 바람이 크게 불고 있었다.

공왕 알리힐 역시 두 사람의 결합에 긍정적인 반응을 보였다.

모든 이들이 안소니 국왕과 엘리자베스 공주의 결혼을 기정사실로 여겼다.

하나 당사자인 공주는 국익에 도움이 되는 일임에도 불구하고 평판이 좋은 안소니 국왕과의 결혼에 입을 굳게 닫고 있었다.

"라스 남작, 그에게 문제라도 발생한 것인가요?"

연합을 흔들어 북부 5자 동맹 결성을 무산시키려던 제국의 음모는 딕스에 의해 깔끔하게 분쇄됐다.

딕스의 전공을 전해 들은 공주는 매우 기뻐했다.

싱그로아에서 그 기쁜 소식을 듣자마자 한달음에 달려왔던 엘리자베스였다.

오직 그를 보기 위해서.

무심한 딕스는 라스 남작을 통해 이 년의 휴가를 청하는 서신만 달랑 들려 보낸 뒤 연락을 끊어버렸다.

공주는 안소니 국왕이 자신에게 청혼한 소식을 듣고 딕스가 화가 난 것이라 믿었다.

자신이 그간 그에게 표시한 호감을 그도 알고 있을 것이고 그도 자신에게 마음이 있을 것이라고도 공주는 생각했기에.

아마 그가 오지 않는 것은 자신에게 부담을 주지 않으려는 마음이리라.

이리 생각하자 눈시울이 절로 붉어지는 공주였다.

공주에게 딕스는 예전의 깜찍하고 귀여운 소년이 아니라 여름의 그늘, 겨울의 난로, 바람 몹시 부는 날에는 든든한 벽이 되어줄 수 있는 남자로 그녀의 마음에 이미 들어와 있었다.

적나라하게 표현은 하지 않았지만 마음은 서로 통하니까 그도 자신을 가슴에 담고 있으리라 생각했다.

모든 조건이 완벽한 안소니 국왕의 청혼을 받고도 공주가 침묵하는 이유였다.

아니, 당당하게 거절했어야 옳았다.

'미안해, 딕스. 당당하지 못해서. 나 간 보는 그런 여자가 아닌 건 너도 알지? 돌아와 줘, 나에게로. 지금 나 네가 너무 필요해.'

"저⋯⋯."

라스 남작이 말끝을 흐리자 엘리자베스 공주는 딕스에게 좋지 않은 일이 생긴 것이 아닐까라는 생각이 들었다.

공주의 상체가 앞으로 크게 기울고 표정에는 불안감이 넘실거린다.

공주의 태도에 라스 남작은 내심 놀라지 않을 수 없었다.

딕스가 공주의 총애를 받는다는 것은 알고 있었지만 그게 애정일 것이라곤 전혀 생각하지 못했다.

두 사람의 신분과 나이 차이를 생각하면 실로 맺어지기 어려운 관계가 아닌가.

더욱이 안소니 국왕의 청혼으로 나라 전체가 들썩이는 이 상황에선.

"말하세요, 라스 경. 그에게 일이 생겼나요?"

엘리자베스 공주는 애써 침착함을 유지하며 말했다.

라스 남작은 마음을 추스른다.

"쌍마를 움직였던 자가 있었습니다. 앞서 보고드린 그자입니다. 제가 보기에 딕스 경은 그자를 뛰어넘기 위한 수련이 필요한 것 같았습니다. 이는 직접 보고 들은 것은 아닙니다. 같은 남자로서의 감일 뿐입니다, 공주님."

엉덩이가 내내 의자 위에 떠 있던 엘리자베스 공주였다.

그녀의 엉덩이는 힘없이 의자 위로 주저앉는다.

자신이 외교를 위해서 사교계에서 웃음을 흘리고 있을 동안 그는 시련과 부딪치며 아파했다니.

그의 마음을 생각하니 왈칵 눈물이 치민다.

청혼 이야기가 나온 뒤로 공주는 자신의 마음이 많이 약해졌다는 생각이 들었다.

"이 년이라… 라스 남작도 알겠지만 그는 지금도 충분히 강해요."

공주는 한동안 입을 닫고서 생각을 정리했다.

남작은 조용히 기다렸다.

정리를 마친 공주는 다시 말을 이었다.

"전격의 파울이 딕스를 좋게 보아 제자로 삼고 지도를 해 준다고 합니다. 딕스 경을 생각하면 참 다행한 일입니다. 하지만 공국과 제 입장을 생각하면 안타까운 일이지요. 그것이 그에게 도움이 된다면, 시련을 견딜 수 있는 힘을 얻게 된다면 그거면 되겠지요, 라스 경."

"예."

"그에게 전하세요. 허락한다고. 그, 그리고 이 말을 전해주세요. 본 공주는 언제나 그 자리에 있을 것이라고요."

여자가 봐도 놀랄 만큼 뛰어난 미녀 레이첼.

전격의 파울의 미모의 외동딸 시모나.

공주는 그녀들에 대한 모든 정보를 다 쥐고 있었다.

지금 그의 곁에는 그들이 있다.

하지만 공주는 딕스가 그들이 아닌 자신을 바라봐 줄 것이라고 믿었다.

자신이 그러하듯이.

서로 함께한 그 세월을 그도 소중하게 여기고 있을 것이라고 생각했다.

사감을 억누른 공주는 다시 산적한 업무로 복귀했다.

마인을 부리는 제국.

안소니 국왕의 청혼.

5자 동맹의 한 축이 될 헥센 왕국의 정쟁.

국내에 산적한 여러 문제들까지.

'나 죽어라 일만 하고 있을게. 여기서……'

파울은 딕스가 보유한 능력에 깜짝 놀랐다.

그가 뛰어나다는 것은 알았지만 실제로 보니 생각했던 것 그 이상이었다.

5서클 마법사!

십육 세 소년이 가지기엔 너무도 엄청나고 거대한 힘이다.

그런데 이러한 소년이 손 한번 써보지 못하고 룩센이란 자에게 순식간에 당했다.

들어보니 경험 부족이나 자만심이 패배의 요인은 아니었다.

쌍마를 거느렸던 제삼의 인물.

내내 신경 쓰였던 그 인물의 전투 능력을 알게 된 파울은 딕스와 함께 그를 상대할 방법을 연구했다.

파울에게도 도움이 되는 것이었다.

"공격해 보아라."

파울이 딕스를 향해 진지하게 말했다.

딕스는 시리우스로 하여금 파울을 공격하게 했다.

시리우스는 마법으로 사방을 장악한 뒤 강력한 물리 공격을 퍼부었다.

파울은 시리우스의 물리 공격을 피하는 한편 마법의 장벽을 꿰뚫으려 시도했다.

골렘을 파괴하기보다는 이를 조종하는 마법사를 제압하는 편이 효율적이다.

이는 과거부터 지금까지 내려오는 깨어지지 않는 절대적인 원칙이다.

파울의 신형이 고무줄처럼 쭉 늘어나더니 어느새 딕스의 지척에 당도했다.

'녀석의 마법 역시 골렘의 마법만큼이나 강력하다.'

파울에게서는 긴장감이 엿보인다.

대개 이러한 경우 긴장하고 놀라는 이는 당연히 마법사여야 한다.

신체를 단련한 기사의 쾌속함과 위력은 마법사가 근접전을 허용한 그 순간 완패이기 때문이다.

하나 딕스는 일반적인 마법사가 아니었다.

첫날, 기사 대 마법사의 전투 방식의 매뉴얼대로 대련했던 파울은 사부로서의 체면에 큰 손상을 입을 뻔했다.

골렘이 아닌 마법사 본인이 직접 마법을 시전 했기 때문이었다.

다행히 이를 즉각 알아차리고 대응했기에 망정이지 한발만 늦었어도 제자에게 얻어맞는 사부가 될 뻔했다.

그렇다 보니 파울은 이를 단순한 대련, 연구의 목적이 아닌 실전으로 여기게 되었다.

이러한 각오로 최선을 다하면서도 제자와의 승부는 늘 아슬아슬했다.

외줄타기처럼 말이다.

괴물!

파울에게 딕스는 괴물 같은 제자였다.

문제는 저 괴물을 룩센이란 자가 손쉽게 이겼다는 것이다.

이를 생각하면 파울은 머리털이 쭈뼛 서곤 했다.

스팟!

"또 뚫렸네요, 사부."

파울의 검날이 딕스의 몸에 와 닿았다.

딕스는 씁쓸한 표정으로 패배를 시인했다.

하지만 실제 딕스보다 더 씁쓸한 자는 파울이다.

어제와 달리 이번엔 미세한 차이로 제자를 제압했기 때문이었다.

이러다간 며칠 안가서 자신이 제자의 심정이 될 것 같았다.

"네가 전력을 다하지 않은 부분을 고려해야지."

"그건 사부님도 마찬가지잖아요."

대련을 어찌 실전처럼 할 수 있겠는가.

만약 실전처럼 했다가는 파울의 요새를 방불케 하는 이 저택은 남아나지 않을 것이다.

딕스를 격려해 준 파울은 수련장을 나섰다.

제자의 시선에서 벗어난 파울은 자신의 심장 언저리를 바라본다.

부스스.

그 부위의 옷이 부서져서 떨어져 내린다.

파울은 고개를 내저었다.

마법사는 골렘을 통해서 자신의 마법을 발휘한다.

그 상황에선 마법사는 자신을 지킬 수단이 없다.

그래서 마법사에게는 호위 기사가 늘 그 곁을 지켜준다.

하나 딕스에게는 중요한 전력인 기사를 후방으로 빼줄 필요가 없었다.

스스로를 지킬 수 있든 강력한 수단을 갖고 있었으니까.

이는 대륙 역사상 유례를 찾아볼 수 없는 몹시 특별한 경우였다.

'의욕이 불끈불끈 치솟는군!'

즐겁다.

제자와의 매일의 대련이, 그리고 이를 통해서 발전하는 자신과 제자의 모습을 보는 것이.

"하하하하하하—하!"

6서클을 향한 수련과 룩센을 상대하기 위한 특별 수련, 여기에 파울의 원칙인 칼 같은 규칙적인 생활을 준수하며 자신을 고련하는 딕스였다.

딕스는 그 어느 때보다 진지했고 또 열정적으로 자신을 매섭게 채찍질하고 있었다.

레이첼과 시모나.

건조하고 빡빡한 생활을 보내고 있는 딕스에게 두 여자는 사막의 오아시스 같은 존재들이었다.

"딕스 님, 여기 꿀물입니다."

따뜻한 꿀물을 내주며 레이첼이 수줍게 웃는다.

이제 그녀는 딕스를 '주인님' 대신 '딕스 님'이라고 부른다.

호칭의 변경은 두 사람의 관계가 이전보다 크게 진전되면서 발생한 변화의 하나였다.

딕스는 얼마 전 레이첼과 짧지만 평생을 관통할 만큼 짜릿한 입맞춤을 했다.

그저 입술만 댔을 뿐인 가벼운 키스였다.

그 이상의 진도도 충분히 가능했지만 딕스는 거기서 멈추었다.

시한부 입장에서 레이첼을 취한다면 그건 옳지 못하다고 생각했기 때문이었다.

이 년 후 자신은 룩센에게 죽을지 모른다.

이렇다 보니 순간의 기쁨을 위해서 이 년 후 그녀에게 암담한 일이 될지 모를 일을 만들 수가 없었다.

상처 주는 사랑은 사랑이 아니기에 그는 인내의 쓴 열매를 매일같이 삼키고 있었다.

이 인내심은 그에게 수련에 더욱 매진할 수 있는 원동력이 되기도 했다.

그의 배려에 레이첼은 또 크게 감동했다.

자신을 아껴주는 이를 어찌 사랑하지 않을 수 있으랴.

두 사람의 감정이 급진전되었다면, 반대로 딕스와 시모나의 사이는 여전히 제자리걸음이었다.

딕스가 그녀에게 마음의 문을 열어주지 않았기 때문이었다.

그럼에도 불구하고 시모나는 이를 섭섭하게 여기지 않고 오히려 레이첼과 함께 딕스의 시중을 더 열심히 들었다.

시모나는 준비한 수건으로 딕스의 땀을 정성껏 닦아주었다.

딕스 본인은 어떨지 몰라도 남들이 보기에 그는 '전생에 나라를 수 천 번쯤 구하지 않았을까?' 라는 생각을 절로 하게 만든다.

힘과 권력, 젊음에다 아름다운 여인들이 항상 그의 시중을 들고 있었으니!

남자로 태어나 이만 한 행복이 또 어디 있겠는가.

"고마워요, 시모나 양."

"아, 아니에요."

발그레한 얼굴로 몸을 살짝 비트는 시모나도 나름 매력이 넘치는 아가씨다.

레이첼에 비교하면 미모의 '미' 자도 언급할 수 없는 수준이지만 비교 대상이 달라지면 그녀 역시 미녀라는 소리를 충분히 들을 수 있는 여성이었다.

거기에다 마음 씀씀이도 곱고 반듯했다.

이슬비에 옷이 젖듯 딕스는 그 자신도 모르는 사이에 시모나의 매력에 젖어가고 있었다.

온기가 남아 있는 빈 잔을 레이첼에게 건네주면서 딕스는 그녀의 손을 살짝 잡았다.

찌릿찌릿.

레이첼이 그를 향해 수줍게 웃어주었다.

이전에는 볼 수 없었던 그 웃음에 딕스는 기분이 크게 좋아졌다.

'반드시 룩센, 그 개자식을 꺾어버리고 말 테다!'

딕스의 결의는 다시 활활 타오르기 시작한다.

자신의 자존심, 그리고 자신이 사랑하는 모든 것을 지키려는 일념으로.

그 시각, 물 공국의 엘리자베스 공주는 딕스의 가족들을 돌봐주고 있었다.

딕스가 수련에만 전념할 수 있도록 최선의 내조를 하고 있는 것이다.

'보고 싶어, 딕스!'

큰 소리로 전하지 못한 말을 오늘도 그녀는 마음속으로 전
한다.

자신이 이렇듯 그도 이럴 것이라 믿어 의심치 않으면서.

제6장

검은 주술

DIX SAGA

대륙력 4248년 3월 5일.

파울의 저택에서 딕스는 신년을 보냈고 봄을 맞았다.

이제 그의 나이 십칠 세.

외형적으로 딕스는 사내대장부라 불러도 손색이 없을 정
도로 완전히 성장했다.

신장 184센티미터에 전신은 크지 않은 섬세한 근육질이었
고 상체는 완벽한 역삼각형 몸매를 가졌다.

무결점의 완벽한 신체다.

여기에 외모도 빠지지 않는다.

매를 연상시키는 날카롭고 강인한 눈매와 차가운 겨울 호

수를 보는 듯한 깊이가 느껴지는 시린 눈빛에선 냉정과 지성
미가 풍긴다.

"예? 몬스터 소탕대를 이끌라고요?"

상급 부족 야니시아로부터 땅을 불하받은 자이라 부족은
매년 자체적으로 몬스터 소탕을 한다.

특별한 경우를 제외하고 파울이 매년 섬멸대를 이끌었다.

한데 올해는 파울이 그 자리를 딕스에게 일임했다.

"훈련이 때론 흐름을 막는 둑이 될 때가 있다. 가끔 그 둑
을 시원하게 터뜨려 줄 때가 필요하지. 가서 시원하게 터뜨리
고 오너라. 너에게 분명 도움이 될 것이다."

"아, 수련의 일종이군요."

"그렇지. 그리고 좋은 경험이 될 것이다. 사람을 다루는 것
도 연습이 필요한 법이다."

의미심장한 말이었지만 딕스는 그 말뜻을 깊이 생각하지
않았다.

파울의 말처럼 딕스 역시 제 실력을 마음껏 발산하고 싶던
시기였다.

"그리하겠습니다."

"참, 레이첼과 시모나는 여기 있는 게 좋을 것 같구나. 여
자들이 봐서 좋을 게 없잖느냐."

저택에서 일하는 사람들은 레이첼과 시모나를 딕스의 여
자로 생각하고 있었다.

이 때문에 레이첼은 둘째 마님(?) 대우를 받았다.

딕스 본인만 모를 뿐, 그는 무려 아내를 두 명 거느리고 있는 셈이었다.

"알겠습니다. 피 튀기는 전장에 여자를 데려가는 것도 사내로선 꼴불견이지요."

내심 아쉽기는 했지만 사부의 말이 틀리지 않았기에 딕스는 수긍했다.

"참, 공국에서 연락이 왔더구나."

"공국에서요? 무슨?"

"너의 부모님이 여기로 오신다는 연락이었다."

공국에서 연락이 왔다는 말에 딕스는 순간 엘리자베스 공주가 자신이 필요해서 찾는 것일지도 모른다고 생각했다.

공주에게 이 년의 휴가를 청했고, 허락은 받았지만 그녀의 상황이 여의치 않으면 언제든 그녀에게 달려갈 생각이었다.

딕스에게 엘리자베스 공주는 규정할 수 없는 존재로 마음 한편에 자리하고 있었다.

이는 레이첼을 자신의 여자로 삼겠다는 확실한 의지와는 다른, 본인도 알지 못하는 묘한 감정이었다.

공주에게 일이 생기지 않았다는 사실에 딕스는 크게 안도했다.

"제 어머님도 오신다고요? 마차 멀미가 심하셔서……."

말을 하다 말고 딕스는 말끝을 흐렸다.

이제야 생각났다.

8천 골드면 되는 마차를 무려 2만 골드를 지불해 어머니를 위한 맞춤형 마차를 주문했고, 이제 그 마차가 제작되어 어머니가 더는 멀미라는 장애 없이 장거리 이동을 하게 되었다는 것을.

코아 공방은 딕스의 어머니 때문에 현지에 임시 공방을 설치해 마차 개조 작업을 했다.

기술자와 부품이 수도와 페논을 백여 번이나 오갔다.

그만큼 코아 공방에서 이번 제작에 총력을 기울였다고 봐야 한다.

그도 그럴 것이 딕스가 마차 개조에 내건 금액은 무려 2만 골드였다.

대신 어머니가 코아 공방의 마차를 타고도 멀미를 하면 그 백 배의 위자료를 받기로 했다.

200만 골드!

'멀미가 심하면 얼마나 심하겠는가!' 라는 안일한 생각을 했던 코아 공방은 딕스의 어머니를 만난 이후 발등에 불이 떨어지는 심정이 되었다.

위자료 200만 골드, 그건 그들에겐 끔찍한 공포였다.

공방은 죽을힘을 다해 노력했고 그 결과 드디어 딕스 어머니를 위한 마차를 만들 수 있었다.

원가만 해도 무려 3만 2천 골드나 들었다.

딕스가 지불한 2만 골드를 훨씬 넘어섰다.

이 점 하나만 보면 코아 공방으로서는 손해 보는 장사 같지만 꼭 그렇지만도 않았다.

새로운 기술력을 확보했기 때문이었다.

"멀미?"

"아, 아닙니다. 이 먼 곳까지 오신다니."

"두 달쯤 걸릴 것이다. 그분들의 안전을 위해서 내 전사들을 파견했으니 부모님의 안전에 대해서는 걱정하지 않아도 된다."

파울의 세심한 배려에 딕스는 고마웠다.

고국의 고향 산천이 눈앞에 선하다.

가슴 한편이 뭉클하다.

"이 원수는 잊지 않겠습니다, 사부님."

"쑥스러워하긴. 알면 됐다. 하지만 공짜는 아니다. 내 장부에 꼼꼼하게 기록하고 있음을 잊지 말아야 할 것이다. 모름지기 사내는 계산에 철저해야 하느니."

꼬박꼬박 경고하는 파울의 말을 딕스는 진지하게 받아들여야 한다.

여전히 그는 이를 농담으로 생각했다.

지금 당장은 부모님이 오신다는 생각만으로도 그는 들떠 있었다.

부모님을 보게 된다.

햇수로 사 년 만이 아닌가.

'나도 참… 무심한 아들이구나.'

딕스는 자이라족 전사 삼백 명을 이끌고 몬스터 출몰 지역
으로 출진했다.

자이라 부족민들은 이 어린 초짜 지휘관의 선전을 기원하
며 기대를 갖고 지켜보았다.

사람을 깐깐하게 가려 쓰는 자신들의 족장 파울이 직접 뽑
은 후계자였기 때문이다.

모두의 기대 속에 몬스터 출몰 지역에 도착한 딕스의 부대
는 휴식을 취했다.

이곳에서 하루를 푹 쉰 부대는 몬스터가 출몰하는 지역 안
쪽으로 진입했다.

물의 척후를 통해 딕스는 몬스터의 위치와 숫자를 정확하
게 파악하고 있었다.

이를 손금 보듯이 알고서 부대를 움직이니 완벽한 효율을
자랑할 수밖에 없었다.

또한 아무도 모르게 마법을 사용해 전사들이 최상의 조건
에서 싸울 수 있도록 상황을 조정하기도 했다.

전사들은 십칠 세 소년의 귀신같은 용병술에 다들 깜짝 놀
라 혀를 내둘렀다.

예년보다 큰 성공을 거둔 몬스터 토벌이 끝나고 딕스는 부

대를 이끌고서 몬스터 출몰 지역 인근 마을 옆에 군영을 설치했다.

그곳에 부대를 남겨둔 딕스는 홀로 몬스터를 토벌하기 위해서 움직였다.

그는 자신이 상대할 몫의 몬스터를 따로 남겨 두었었다.

붉은 대가리 오크 족.

오크 중에서도 덩치가 크고 가장 호전적인 놈들이다.

올해 몬스터 토벌대가 유일하게 만나지 못한 놈들이기도 했다.

마법으로 자욱한 안개를 일으킨 딕스는 여기에다 자신의 모습과 냄새를 감추었다.

이렇다 보니 그가 접근했지만 오크들은 이를 알아차리지 못했다.

놈들은 인간 마을을 습격하려는 준비를 마치고 전열을 가다듬고 있었다.

'흠, 552마리라.'

놈들과 몬스터 소탕대가 정면으로 맞붙었다면 상당한 피해가 발생했을 것이다.

딕스에게 놈들은 허수아비에 불과하다.

"시리우스."

골렘이 등장하자 그 존재감이 사방으로 퍼져 나갔다.

붉은 대가리 오크들이 시리우스의 존재감을 느끼고 일제

히 술렁거렸다.

"가라!"

오크들이 모여 있는 곳으로 시리우스는 달려 나갔다.

시리우스의 물의 마법이 먼저 당황한 오크들을 강타했다.

굉음도 없고 화려한 빛도 없었다.

소박하지만 실용적인 마법이다.

뼛속까지 파고든 차가운 한기에 오크들의 행동이 굼떠졌다.

굼벵이처럼 느려진 놈들을 향해 시리우스는 물의 검을 채찍처럼 길게 만들어서 휘둘렀다.

회전하는 물의 채찍이 대지를 한 번씩 휩쓸고 때릴 때마다 오크들은 변변한 저항도 못한 채 몸뚱이가 잘리고 피를 분수처럼 뿜으며 쓰러졌다.

괴성을 지르며 오크들이 시리우스를 향해 달려들었다.

놈들은 모닥불을 향해 날아든 불나방의 신세를 면치 못한다.

가공할 5서클 마법 골렘의 위용은 저 호전적인 붉은 대가리 오크마저 겁쟁이로 만들었다.

딕스는 멀찍이서 이 모습을 보며 혀를 찼다.

"너무 약해……."

시리우스에 의해 오크 절반이 순식간에 죽어 나자빠졌다.

또다시 시리우스가 일으킨 한기가 주변으로 내달린다.

일방적인 학살이다.

딕스는 시리우스를 전장에서 빼버렸다.

마법 골렘에게 저항할 엄두도 못 냈던 오크들은 시리우스가 사라지고 그 자리를 딕스가 채우자 두려움을 잊고 흉성을 터뜨렸다.

붉은 대가리 오크는 아직 이백 마리나 남아 있었다.

딕스는 시리우스를 배제한 채 놈들과 싸울 생각이었다.

그와 가까이 있던 오크들이 광폭한 살기를 뿜어대며 괴성을 내질렀다.

몸이 굳고 정신이 멍해지는 살기가 포함된 괴성이다.

'기분 나쁜 소리군.'

여기에 그는 전혀 영향을 받지 않았다.

차갑고 단단한 눈빛으로 몰려오는 놈들을 그는 쓸어 본다.

우르르르.

"쿠오오오오!"

"취이이익!"

"인간, 죽이자!"

놈들이 성난 파도처럼 다가온다.

딕스와 놈들의 거리는 불과 5미터까지 좁혀졌다.

공격을 서둘러야 할 텐데도 딕스는 태연했다.

하지만 그것도 잠시, 드디어 딕스가 움직이기 시작했다.

그는 아래에서 위로 팔을 검처럼 그어 올린다.

하늘을 찌르며 멈춰 선 손!

하나하나의 물방울이 살아 있는 생명체가 되어 그를 향해
빠르게 모여들었다.

그를 중심으로 허공에 떠 있는 물방울에 변화가 생겼다.

한기를 발산하기 시작한 것이다.

둥그런 물방울이 끝이 뾰족한 바늘처럼 변했다.

숫자를 세는 것은 무의미하다.

그의 손이 전방으로 향한다.

그러자 허공에 떠 있던 얼음 바늘이 일제히 앞으로 쏟아져
나갔다.

쐐애애애액!

"쿠에에에엑!"

"케에에에엑!"

"켁!"

얼음 바늘의 공격을 받은 오크들이 고통스러운 비명을 터
뜨리며 일제히 쓰러졌다.

얼음 바늘에 스친 놈들의 상처 부위는 순식간에 하얀 서리
가 깔렸다.

겉으로 드러난 서리는 빙산의 일각에 불과했다.

한기는 놈들의 살과 뼈와 내장을 꽁꽁 얼려 버리고 있었다.

아직 놈들은 살아 있었다.

신체 일부가 냉동되어 움직이지 못할 뿐이다.

딕스는 놈들을 차갑게 쓸어 본 뒤 가볍게 팔을 털었다. 그러자 얼어붙어 있던 오크의 신체 부위가 폭발했다.

가공할 냉기!

처음에는 팔을 움직여서 마법을 사용했던 딕스였지만 이후 의지만으로 물방울을 응집시켜 냉기를 생성했다.

그의 신체 주변으로 서리 안개가 자욱하게 깔린다.

안개는 마치 굶주린 원혼처럼 오크들을 삽시간에 먹어치웠다.

안개 속에서 폭발음이 들린다.

쩡쩡쩡!

쾅쾅쾅!

안개를 물린 딕스는 자신의 작품을 쓸어 보았다.

장내는 부서진 오크의 잔해로 반짝(?)이고 있었다.

섬뜩!

목숨을 부지한 오크들은 딕스의 전투 능력에 기가 질려 버렸다.

놈들은 생존을 위해서 사방으로 달아나기 시작했다.

이를 용납할 딕스가 아니었다.

콰드드득.

쩌쩡!

지면에 깔려 있던 얼음 알갱이들이 쏜살처럼 놈들을 뒤쫓아간다.

얼음 알갱이가 몸에 붙은 오크들이 비명을 내지른다.

자신의 신체가 얼어가는 장면은 끔찍한 공포였다.

그 공포는 곧 죽음으로 이어졌다.

결빙된 신체 부위의 폭발!

펑펑펑펑―!

난무하는 파편과 분출하는 핏줄기.

허공으로 뿜어진 핏줄기는 금세 얼어붙었다.

그 얼어붙은 핏줄기는 굶주린 야수가 되어 미쳐 날뛰었다.

실로 가공할 살상력이 아닐 수 없었다.

전장에서 그가 만약 이러한 방식으로 적군을 상대한다면 과연 누가 그를 상대하려고 들겠는가.

마법 시전 속도와 살상력이란 측면에서 딕스의 이번 실험은 놀라운 성과였다.

하지만 상대가 룩센이라면.

'부족해.'

처참하게 망가진 주변을 둘러보는 딕스의 안색은 밝지 않았다.

그때, 저만치 달아나는 오크가 보였다.

사방으로 튄 파편에 당했는지 다리에서 피를 철철 흘리고 있었다.

살아보겠다고 악착같이 달아나는 그 모습을 보니 안쓰럽기는커녕 언짢은 기분이 들었다.

"안 죽은 놈도 있었군."

서리의 물방울이 화살처럼 놈에게 날아갔다.

이 오크의 비명을 끝으로 붉은 대가리 오크들이 전멸했다.

딕스의 마나는 여전히 충만하다.

딕스는 삼십 일 만에 몬스터 토벌대를 이끌고 파울의 저택으로 돌아왔다.

그가 이룬 전공에 자이라 부족의 사람들은 너 나 할 것 없이 다들 깜짝 놀랐다.

오랜 세월 몬스터 토벌대의 출전을 보았지만 단 한 명의 희생자도 없는 토벌은 이번이 처음이었다.

이 일로 딕스의 위상은 크게 높아졌다.

더불어 파울의 사람 보는 안목에 대한 평가 역시 덩달아 상승했다.

파울의 집무실.

"수고했다. 그래, 도움이 좀 되었느냐?"

"마법만 시원하게 펑펑 쓰고 왔습니다."

"흠, 후련해 보이지는 않는구나."

파울은 딕스의 표정에 깔려 있는 작은 그늘을 놓치지 않는다.

그것은 아쉬움이리라.

"그자의 움직임을 봉쇄하고 결정적인 타격을 주기에는 뭔가 많이 부족하다는 점을 느끼는 시간이었습니다. 접근 방식을 또 달리해 봐야 할 것 같습니다."

"성급함은 독이다. 그 결과는 언제나 실수를 부르는 법이다."

"명심하죠. 참, 공국에서 연락은 왔습니까?"

"없었다. 기다리는 연락이라도 있느냐?"

할 수만 있다면 딕스와 공국을 가장 떼어놓고 싶은 이가 파울이다.

물론 강제로 그렇게 할 생각은 없었다.

강제와 음모가 들어가는 행위는 반드시 부작용을 동반한다는 사실을 잘 알고 있기 때문이다.

사람의 마음을 완전히 갖는 방법은 오직 정도(正道)와 진심뿐이다.

그래야만 오래가고 뒤탈이 발생하지 않는다.

이를 알기에 딕스를 욕심내면서도 파울은 직접적인 그 어떤 행동도 취하지 않았다.

"아뇨."

"피곤한 것 같은데 가서 쉬어라. 네가 온다는 소식을 듣고 시모나와 레이첼 양이 널 위해 선물을 준비했다고 하더라."

"레이첼이요?"

레이첼이 보이지 않아 내심 섭섭함을 느끼고 있던 차에 파울의 전언은 딕스를 기쁘게 했다.

파울은 딸 시모나를 안중에도 두지 않는 그의 태도에 섭섭한 마음이 들었다.

객관적으로 봐도 시모나와 레이첼의 미모는 현격한 차이를 보였지만 파울은 아버지의 입장이 되자 싱글벙글 웃으며 나서는 딕스의 뒤통수를 한 대 후려치고 싶었다.

'어릴 때는 외모가 최고인 줄 알지. 너도 나이 들면 그 생각이 분명 바뀔 것이다.'

딕스는 야니시아의 족장 카티온으로부터 연회 초대장을 받았다.

내키지 않았지만 파울의 입장을 고려해서 참석하기로 결정했다.

파울은 서북쪽 국경 지역 요새를 점검하느라 자택에 없었다.

카티온 족장이 보내준 마차에 딕스가 올라탔다.

그의 양옆엔 각각 레이첼과 시모나가 앉았다.

레이첼을 위해 시모나는 자신이 가장 아끼는 옷을 수선해 그녀에게 선물했다.

평범한 옷을 입어도 아름다운 레이첼인데 여기에 꾸미기까지 했으니 보는 것만으로도 황홀해진다.

"너무 예쁜데. 흠."

"왜 그렇게 보세요. 부끄럽게."

"오늘 나 내내 긴장해야겠어. 수컷들이 레이첼 주변에 얼 씬거리지 못하도록 말이야. 하하하."

호탕한 딕스의 웃음에 레이첼은 부끄러웠지만 가슴 한편 으론 뿌듯함을 느꼈다.

그러다 자신을 부러운 시선으로 바라보는 시모나를 보곤 황급히 표정을 고쳤다.

"시모나 님, 이 옷과 장신구 정말 감사드려요."

"아, 아니에요, 레이첼. 시간이 넉넉했다면 새 옷으로 해주 고 싶었는데."

그제야 딕스는 시모나를 본다.

레이첼과 비교하면 시모나는 평범한 여자다.

그녀의 비교 대상이 레이첼이 아니면 시모나는 분명 아름 다운 외모고 시모나 역시 자신의 미모에 나름 자부심을 가졌 을 터였다.

레이첼이 나타나면서부터 그녀의 자부심은 이슬처럼 조용 히 그 마음에서 쓸쓸히 퇴장했다.

존재만으로도 주변 여자들에게 민폐가 되는 여자가 있다 면 바로 레이첼이었다.

"참, 시모나 양."

"예, 딕스 님."

딕스가 자신의 이름을 불러주자 시모나는 눈에 보일 만큼 몹시 기뻐했다.

문제는 다른 이들은 이를 느끼는데 정작 당사자인 딕스는 전혀 모르고 있다는 점이다.

"카티온 족장은 어떤 사람입니까?"

"세간의 평가를 말씀드리자면 합리적이고 온화한 성품의 인물이라고 알려졌어요."

"그에 대한 사부님의 평가는 알고 계십니까?"

시모나는 잠시 생각을 정리한 다음 눈을 반짝이며 대답했다.

"합리적이고 온화한 성품이나 지난 사건들이 그를 의심이 많은 독한 지도자로 만들었다라고 말씀하셨어요."

"사부님이 그리 말씀하셨다니… 흠, 신중하게 대해야 할 인물이군요."

"딕스 님이시라면 잘하시리라 믿어요. 아버지께서 출타하시면서 집안의 모든 대소사를 딕스 님과 상의해 결정하라고 하셨거든요."

파울의 지나친 기대는 사실 부담스러웠다.

그렇다고 당장 파울의 그늘을 떠나기는 어려웠다.

여러 가지 이유 중 가장 큰 이유는 역시 룩센이었다.

딕스가 생각한 룩센은 정상적인 놈이 아니었다.

놈이 이 년 후를 기약했지만 갑자기 그 마음을 바꿔서 불시에 방문할 수도 있는 노릇이다.

그때를 대비해 딕스는 파울이 필요했다.

급하면 파울과 협조해 놈을 상대할 생각이었다.

'공국에도 사부와 같은 인물이 있다면 좋을 텐데.'

딕스는 빈털터리 시골 아이였다.

가진 것이라곤 재능자라는 이름 달랑 하나뿐이었다.

그랬던 소년은 이제 당당한 청년이 되어 있었다.

더 이상 어린아이의 귀여움이나 가벼운 농담과 행동으로 어른들의 호감을 사려는 노력은 도리어 욕지기를 부른다.

계절이 바뀌면 옷도 그에 따라 맞추어서 바뀌듯이 사람의 처신도 나이와 직위에 걸맞아야 한다.

이것이야말로 가장 자연스러운 순리다.

카티온 족장이 개최한 연회에는 부족의 유력자들과 그들의 가족까지 모두 참석했다.

앞서 많은 숫자의 마차들이 카티온의 저택에 도착했지만 여전히 마차는 꼬리에 꼬리를 물고 들어서고 있었다.

각 마차마다 호위하는 자들까지 있다 보니 저택은 그야말로 인산인해였다.

딕스 역시 자이라족 전사들의 호위를 받으면서 당당하게 연회장에 도착했다.

파울이 자리를 비운 지금, 그를 대신해야 할 사람은 시모나이지만 몬스터 소탕을 성공리에 끝낸 딕스는 파울의 공석을 대신하는 위치로 그 위상이 높아졌다.

시모나 역시 이에 불만이 없었다.

오히려 이를 크게 기뻐했다.

"고맙네, 바로 천장."

자이라족의 유능한 전사, 바로. 삼십 대 초반의 이 남자의 경지는 소드익스퍼트 상급이다.

그는 몬스터 소탕 부대의 지휘관이었던 딕스의 부관으로 참전하기도 했으며 파울의 저택을 호위하는 총관의 외아들이다.

명문 귀족 가문의 아들이라고 봐야 한다.

"별말씀을."

딕스는 시모나의 손을 잡고 그녀가 내리기 쉽게 도와주었다.

마음은 레이첼이 먼저였지만 짐승이든 인간이든 서열이란 게 있다.

이를 무시하면 반감이 발생하게 마련이다.

더욱이 이곳은 타국이기에 레이첼에게는 미안했지만 예를 차리지 않을 수 없었다.

"감사합니다, 딕스 님."

"천만에요."

자이라족의 마차가 도착하자 주변의 시선들이 일제히 딕스 일행에게 쏟아졌다.

파울의 제자가 처음으로 공식 석상에 모습을 드러내는 순간이다.

사람들의 관심이 증폭되는 건 당연하다.

야니시아에서 파울의 위상은 매우 높고 그가 휘하에 거느린 자이라족의 힘도 만만치 않았다.

이렇다 보니 딕스에 대한 소문은 파다했다.

시모나를 대하는 딕스의 태도는 지극히 의례적이다.

웃고 있지만 진심으로 웃는다는 느낌이 들지 않는다.

반면 레이첼을 향한 그의 웃음에서는 진심이 느껴진다.

호감을 갖고 있는 남자에게 좀처럼 관심 받지 못하는 여심은 아픈 법이다.

시모나는 당장의 아픔이 두렵다고 숨거나 도망치지 않았다.

상처란 언젠가는 아문다는 지혜를 갖고 있기 때문이었다.

"고마워요, 딕스 님."

"천만에."

'천만에요'와 '천만에'의 차이를 아는가? 이 순간 이 차이를 그 누구보다 절실하게 깨달은 자가 있다.

전격의 파울, 그의 외동딸 시모나다.

자이라족의 공주나 다름없는 그녀는 한 남자의 작은 말투에 일일이 신경 쓰면서 자신의 표정을 관리 중에 있었다.

웅성웅성.

레이첼이 마차에서 내리자 회장에 모인 사람들이 남녀 할 것 없이 일제히 웅성거리기 시작했다.

남자들은 레이첼의 미모에 무한한 호감과 호기심이 발동했고 여자들은 그녀의 미모에 기가 죽거나 반감을 가졌다.

연회장에서 주목받고 싶은 건 누구나 마찬가지다.

특히 잘나가는 집안의 젊은 여자들에게 이는 숨을 쉬듯 자연스럽게 내재된 마음이다.

레이첼의 등장은 가히 백만 대군의 기세와 필적한다.

최고의 미모를 자랑하는 레이첼에게 오른쪽 팔짱을 내주고 자이라의 미녀 시모나에게 왼쪽 팔짱을 내준 딕스.

저들을 보는 이들마다 다들 넋을 놓는다.

연회장에 들어선 딕스 일행은 준비된 자리에 앉았다.

좌석에도 서열이 있다.

딕스 일행은 이 연회장에서 상위 1퍼센트에 들어가는 좌석을 차지했다.

연회의 주관자인 카티온 족장은 아직 오지 않았다.

"붉은색이 참 매력적이네. 레이첼, 한잔 할래?"

"고마워요, 딕스 님."

평민으로 신분이 추락했지만 레이첼은 귀족으로서의 교육을 받았고 그 어머니의 성화에 못 이겨 수많은 파티에 참석했었다.

다년간 쌓은 그 공력이 어찌 하루아침에 사라지겠는가.

"뭘. 시모나 양은 어떤 음료를 드릴까요?"

"저도 레드 와인으로 하겠습니다, 딕스 님."

두 여자에게 음료를 따라준 딕스는 자신의 입맛에 맞는 음료를 찾았다.

마침 요구르트가 눈에 띄었다.

몸은 청년의 그것이요, 분위기도 사내다운 기품이 넘친다.

그러나 그의 입맛은 여전히 달콤한 것에서 벗어나지 못했다.

딕스의 맞은편 좌석에 앉아 있던 남자가 그의 기호를 비웃었다.

아직 흥청망청하는 분위기가 아니다.

연회의 주인공인 카티온 족장이 나타나지도 않았는데 취해 있는 것은 그를 무시하는 처사다.

다들 지금은 가볍게 마시면서 정담을 나눌 뿐이다.

이 말인즉슨 상대는 맨 정신이라는 의미다.

"겉만 멀쩡한 사내로군. 하하."

사내의 빈정거림이 딕스에게 곧장 날아온다.

그의 목소리에 주변의 시선이 두 사람에게 쏠렸다.

딕스를 놀린 남자는 팔짱을 낀 채 오만하게 턱 끝을 세웠다.

남자의 태도는 명백하게 딕스를 무시하고 있다.

이를 받아들이거나 피한다면 파울과 자이라족의 명예를

실추시키는 일이다.

이전의 딕스였다면 비효율적인 분란이라 여겨서 아예 신경조차 쓰지 않으려 했을 것이다.

하나 여기서는 그럴 수 없었다.

자신은 누군가의 대표로 이 자리에 왔기 때문이다.

"그 말… 본인에게 한 말이오?"

"하하. 들었소? 멀쩡한 사내가 여자와 아이들이나 좋아하는 요구르트에 손대기에 나도 모르게 실수했소."

남자가 벌떡 일어나 딕스의 좌석 쪽으로 성큼성큼 걸어왔다.

그 틈에 시모나가 남자의 정체를 재빨리 딕스에게 말해준다.

"딕스 님, 저자는 카티온 족장이 아끼는 외사촌 동생 아브람이에요. 오만하고 포악한 자입니다. 조심하시는 게 좋아요."

아브람이 다가오자 딕스는 예의상 일어서서 맞이했다.

"옆에 시모나 양이 내 소개를 이미 한 것 같군. 시모나 양, 오랜만이오."

"오랜만입니다, 아브람 천장님."

아브람 뒤에 붙은 천장은 그의 관직명을 말함이다.

아브람은 천 명의 전사를 거느린 부대의 사령관이다.

이십삼 세의 나이에 천 명의 전사를 거느리는 고급 장교 자리는 쉽게 얻을 수 있는 것이 아니다.

아브람의 끈적끈적한 눈길이 레이첼을 향했다.

놈의 태도는 딕스 개인은 물론 파울의 명예까지 철저히 무시하는 행동이었다.

"난 아브람이라고 하오. 그대의 이름은 어찌 되오?"

레이첼을 향한 아브람의 노골적인 접근을 방관할 딕스가 아니다.

딕스의 눈가에 스산한 기운이 머문다.

"아브람 천장, 당신은 내게 무례를 범했고 나의 연인에게도 무례를 범하고 있소. 이는 본인을 너무 무시하는 처사가 아니오."

"호오, 무례라… 전사는 아이에게 예의를 차리지 않지. 이것이 연합의 관습이다."

딕스가 미성년자임은 이미 알려진 사실이다.

현재 그의 외모나 풍기는 분위기는 결코 미성년자로 보기 힘들지만 어쨌든 아직 열일곱이다.

"나는 이 자리에 아이로 오지 않았소. 나의 사부 파울 족장의 대리인으로 참석한 것이오. 그러니 그대의 행위는 나의 사부를 무시하는 행위가 되오."

"큭큭. 역시 아이군, 아이야. 사내라면 응당 자신의 명예는 제 손으로 지켜야 하는 법이거늘. 내 그대가 파울 님의 이름으로 그리 따지니 어쩔 수 없이 정중하게 사과해야겠군."

아브람이 딕스에게 허리를 숙인다.

누가 보더라도 이는 진정한 사과라기보다는 상대를 놀리는 인상이 강했다.

언제나 상냥하던 시모나의 표정이 차갑게 변한다.

"아브람 천장님, 지나치시군요."

"제가요? 전 파울 님의 명예를 생각해 허리까지 숙였는데 어찌 저를 타박하시는 건가요?"

"지, 지금 그것이 어찌……."

딕스는 손을 들어서 시모나의 말을 중간에 끊었다.

아브람은 몇 마디 말로 딕스를 사부의 배경에 의지해 사는 너절한 녀석으로 만들었다.

시모나가 딕스를 두둔하고 나서니 마치 여자의 치마폭 뒤에 숨은 아이와 다름없는 형국이었다.

이래저래 겉만 멀쩡한 바보 자식이 되어버린 상황이다.

이 난감한 상황의 해결책은 연합의 남자들이 주로 쓰는 단 하나의 방법, 실력으로 상대를 누르는 수밖에 없다.

레이첼은 자신으로 인해 딕스가 곤란에 빠졌다고 생각했다.

이 상황을 좋게 만들어야 할 것 같은데 나섰다간 분위기만 더 악화시킬 것 같아서 이러지도 저러지도 못한 채 속만 태웠다.

안절부절못하는 레이첼을 돌아본 딕스는 그녀의 어깨를 가볍게 토닥이며 부드럽게 달랬다.

"레이첼, 넌 내 여자다. 네 남자를 믿어봐. 저딴 자식이 떼거지로 와도 눈썹 하나 까딱하지 않을 남자가 바로 네 남자니까."

속삭이듯 말했지만 귓속말이라고 하기에 딕스의 음성은 지나치게 컸다.

작정하고 자신을 격동시키려는 아브람이다.

순순히 지고 들어갈 딕스가 아니다.

딕스는 오히려 역으로 아브람을 도발했다.

아브람은 첫눈에 레이첼에게 반했다.

녀석은 처음부터 딕스를 깔아뭉갤 심보였다.

그렇다고 파울이란 배경을 가진 딕스를 함부로 공격하기도 꺼려진다.

그러니 상대의 동의를 얻어 묵사발로 만들 수밖에.

아브람은 풋내기가 자신의 거미줄에 제대로 걸려들었다고 생각했다.

속으로 희희낙락인 아브람이다.

이를 숨긴 아브람이 딕스를 잡아먹을 것처럼 노려보면서 연회장이 쩌렁쩌렁할 목소리로 고함쳤다.

"그 말은 날 두고 한 말이냐? 어린놈."

딕스는 아브람을 반병신으로 만들어 버리겠노라 작심했다.

그렇다고 족장의 외사촌 동생에게 먼저 결투를 신청하는

우를 범할 수는 없었다.

당장에라도 묵사발을 만들고 싶지만 이 일이 자칫 분쟁의 씨앗이 될 수 있음을 잊지 않는다.

아브람이 혼자서 나팔 불고 북 치게 할 수밖에 없다.

이는 빠져나갈 구멍을 미리 파놓는 여우의 지혜다.

"이런, 연인끼리의 대화를 엿듣다니. 당신은 무식한 자로군."

'남의 말이나 엿듣는 쥐새끼였군!' 이라는 의미를 표정과 말투에 듬뿍 담아내는 딕스다.

"어린아이라 봐주려 했더니 도저히 못 봐주겠군. 내 너에게 결투를 신청한다. 거절해도 상관없다. 겁쟁이는 나도 상대하고 싶지 않으니까."

연회장에서 소동이 발생했다는 말을 듣고 바로가 달려왔다.

바로의 등장에 아브람은 다 된 스프에 콧물 빠뜨렸다는 표정을 지었다.

바로와 아브람은 같은 천장이다.

하지만 두 사람의 소속이 다르다 보니 아브람이 그보다는 윗줄이었다.

아브람은 자이라족의 상급 부족인 야니시아 부족에게 받은 공인된 관직이다.

반면 바로의 직급은 자이라족에서만 통한다.

그럼에도 아브람이 바로를 무시하지 못하고 긴장을 드러낸 이유는 그의 실력을 알고 있었기 때문이다.

미성년자인 딕스는 바로를 자신의 대리인으로 결투에 내보낼 수 있었다.

놈은 이를 우려했다.

"딕스 님, 이것을 마차에 두고 내리셨더군요."

연회장에 그냥 들어올 수 없었기에 바로는 마차에 있던 물건 하나를 집어 왔다.

딕스는 바로의 신중함과 지혜로움에 내심 감탄했다.

"아, 내 이것이 필요해서 찾던 참인데. 고맙소, 바로 천장."

물건을 건네받으며 딕스는 바로에게 훈훈한 웃음을 선사했다.

돌아선 딕스는 아브람을 향해 싸늘한 비웃음을 날린다.

놈의 우려를 눈치채고 있었기에.

"내 명예는 내가 지킨다오. 아브람 천장, 결투를 하고 싶다 하니 내 들어주겠소."

딕스의 눈매가 가늘어진다.

부릅뜬 딕스의 눈매는 사납지만 이처럼 가늘게 떴을 때의 그의 눈매는 더 난폭하다.

지금 그 난폭한 눈빛이 아브람을 집어삼키고 있었다.

"좋다. 여기서 당장 결판을 보자!"

두 사람의 합의하에 결투가 성사됐다.

일촉즉발의 이 상황은 카티온 족장의 등장을 알리는 북소리로 인해 중단됐다.

연회장으로 들어온 카티온 족장은 딕스를 눈여겨보았다.

그 옆 레이첼도.

사실 카티온 족장은 옆방에서 이 모든 상황을 지켜보고 있었다.

파울의 제자는 곧 자이라의 미래를 책임질 자다.

그가 딕스를 후계자로 점찍고 있다는 소문은 야니시아에도 파다하게 퍼졌다.

야니시아에서 자이라가 차지하는 비중은 숫자로 치면 미미하지만 그들의 역량만은 위협적이다.

카티온은 파울이 자신의 반대파인 이복형제들을 도와준 것을 알았음에도 이를 묵과했다.

이는 파울에게 힘이 있었기 때문이다.

내심 파울과 자이라를 벼르고 있었지만 이를 드러내지는 않았다.

얻는 것보다 잃는 것이 더 많았기에.

카티온은 상석에 앉았다.

"족장님."

"무슨 일이냐? 아브람."

"전사의 명예를 걸고 자이라의 딕스에게 결투를 청했습니다. 그도 저의 요청을 승낙했습니다. 오늘 이 자리에서 연회의 흥도 돋울 겸 그와 결투를 했으면 합니다."

카티온은 딕스를 바라보며 점잖은 표정으로 괜찮겠냐고
물었다.

그의 질문은 가식적이었다.

여기서 딕스가 한발 물러선다면 이는 그의 명예 이전에 파
울의 명예에도 흠집을 내는 일이었다.

딕스는 결투를 하겠다고 말했다.

카티온이 안타까운 표정으로 고개를 내저으며 아브람에게
경고하듯 말했다.

"아브람, 죽음의 신이 개화하지도 않은 내 연회에 오는 것
을 난 원치 않는다."

"사망자는 없을 것입니다, 족장님. 하하하하."

연회 시작 전 딕스와 아브람의 결투가 이렇게 이루어졌다.

이는 딕스의 공식적인 데뷔 무대였다.

소드마스터의 제자라는 인식 때문인지 사람들은 딕스가
검사라고 생각했다.

그런데 그 검사가 맨몸뚱이에 물 잔 하나 달랑 들고 나오는
것이 아닌가.

웅성웅성.

딕스의 이와 같은 행동에 사람들은 의문을 드러냈다.

기대감도 그 못지않았다.

어쨌든 딕스라는 소년은 소드마스터 파울의 제자였으니
까.

딕스는 무대의 중심에 서서 아브람을 쳐다보았다.

레이첼, 시모나, 바로는 긴장된 기색으로 딕스를 보았다.

이들은 아직 딕스의 진정한 실력을 알지 못했다.

딕스와 파울의 대련은 출입을 제한한 곳에서만 이루어졌
기 때문이었다.

아브람은 카티온 족장과 몇 마디 나눈 후 돌아와서는 자신
의 무기를 수하에게 맡겼다.

그러곤 딕스를 향해 기고만장한 목소리로,

"운 좋은 꼬맹이."

"무슨 말이지?"

"검이 아니라 주먹 결투를 족장님께서 요청하셨기 때문이
다."

딕스의 눈길이 스치듯 카티온 족장에게 머물다 이내 아브
람에게 다시 향했다.

그가 든 컵의 물이 소용돌이친다.

이 기현상은 아무도 보지 못했다.

아브람은 그가 든 물 잔을 두려움에 타는 갈증을 달래기 위
한 것으로 생각했다.

녀석은 귀찮은 기색으로 그를 다그쳤다.

"마실 거면 빨리 마셔라!"

그러면서 녀석은 손가락 관절을 풀었다.

우두둑.

그 소리가 사뭇 위압적이다.

딕스는 가볍게 콧방귀를 낀다.

"이건 널 위해 본인이 특별히 준비한 것이다."

다리를 적당하게 벌린 딕스는 아브람을 향해 물 잔이 든 팔을 쭉 뻗었다.

그러곤 남은 한 팔로 강아지를 부르듯 아브람을 부른다.

딕스의 태도가 크게 거슬린 아브람.

"오냐! 내 오늘 너의 오만 방자함을 고쳐 주고야 말겠다!"

맹수처럼 포효하며 딕스를 향해 달려드는 아브람.

쏜살같은 아브람의 움직임을 본 사람들의 입에서 묵직한 침음이 절로 터져 나온다.

딕스 일행 역시 마찬가지였다.

그만큼 아브람의 기세는 사납고 포악했다.

그럼에도 딕스는 눈썹 하나 까닥이지 않고 오연하게 처음 그 자세 그대로 서 있기만 했다.

파울과 실전을 방불케 하는 대련을 수시로 해왔던 딕스에게 아브람의 돌진이란 느려 터진 굼벵이다.

딕스는 최근 물의 척후를 활용하는 방법에 대해 깊게 연구하고 있었다.

마스터급 존재들은 눈으로 그 움직임을 쫓기 힘들었다.

게다가 룩센 같은 경우는 마스터 이상의 속도를 낸다.

눈으로 볼 수 없다면 다른 방법을 사용해야 한다.

마스터는 다른 감각으로 빠르게 움직이는 사물의 동선을 정확하게 파악할 수 있다.

딕스 본인이 마스터가 되지 않는 한 이러한 전투 감각은 절대 손에 넣을 수 없다.

그래서 그는 물의 척후를 통해서 대처 방법을 연구 중이었다.

최근에 그는 작은 소득을 거둘 수 있었다.

슈아아악!

아브람의 주먹이 딕스의 얼굴에 꽂혔다.

아니, 꿰뚫었다.

호박을 관통한 창과 같은 모습으로 말이다.

얼굴이 꿰뚫린 자가 어찌 살기를 바랄까!

파울의 제자였기에 그래도 한 수 있을 것이라 믿었던 사람들은 눈앞의 장면에 대경했다.

레이첼과 시모나의 입에서 동시에 찢어지는 비명이 터졌다.

침착한 바로 역시 깜짝 놀라서 소리치고 말았다.

사람들이 본 것은 딕스의 허상이었다.

"헉!"

아브람이 당황해 억눌린 신음을 토한다.

상대의 얼굴을 꿰뚫었는데도 이에 동반되는 감각이 전혀 없었다.

마치 허공을 향해 주먹을 뻗은 느낌이었다.

이것이 비단 자신만의 착각이라면 모르겠지만 지켜보는 자들도 모두 자신처럼 느끼고 있었다.

잠시 후 모두를 공황 상태에 빠뜨린 딕스, 그가 모습을 드러냈다.

쭉 뻗은 아브람의 팔 옆이었다.

대체 언제 그가 이곳을 왔을까? 그보다는 딕스의 멀쩡한 모습이 사람들에게 충격을 던진다.

카티온 족장 역시 깜짝 놀라 자리에서 벌떡 일어나 있었다.

레이첼, 시모나, 바로는 안도의 숨을 내쉬며 잔뜩 굳어 있던 표정을 그제야 풀었다.

"위력적인 주먹이군. 내 앞머리가 옆으로 밀리다니. 흠."

한쪽으로 쏠린 딕스의 앞머리.

아브람은 딕스의 미간에서 문장 오메가(Ω)를 똑똑히 보았다.

마스터가 재능자를 제자로 받아들였다!

순간적으로 아브람은 자신이 헛것을 보았다고 여겼다.

다시 딕스의 앞머리가 문장을 가린다.

"무, 무슨 짓을……? 넌 누구냐?"

어찌나 놀랐는지 아브람은 팔을 여전히 뻗은 채 그에게 묻고 있었다.

아브람뿐만 아니라 연회에 참석한 이들도 궁금해하는 사항이었다.

침 넘기는 소리조차 천둥처럼 들릴 법한 장내의 정적.

환영술!

이 수법은 딕스가 물의 척후를 연구하던 중 우연히 알아낸 방법이다.

사물이 빠르게 움직이면 잔상이 남고 수면엔 항상 상이 맺힌다.

이러한 현상에 문득 궁금증을 느낀 딕스는 몇 가지를 실험했고, 조금 전과 같은 방식의 놀라운 기술을 펼칠 수 있게 되었다.

이 기술을 익힌 딕스는 파울과의 대련 때 이를 사용한 바 있었다.

나름 회심의 기술이라 자신했지만 결과는 비참한 패배였다.

그러나 그의 이 수법은 파울급의 인물이 아니고서는 간파하기 어려운 기술이었다.

사람들은 전율했다.

"거, 검은 주술!"

연회석에서 누군가 떨리는 음성으로 소리쳤다.

우연히, 아니, 운명처럼 딕스는 남자의 작은 목소리를 듣게

됐다.

딕스의 고개가 잠시 그쪽으로 향했다.

'저자인가? 그런데 검은 주술이라니… 그건 뭐지?'

아브람은 질린 얼굴로 주춤거리며 뒤로 물러섰다.

그제야 딕스는 시선을 거두어 아브람을 보았다.

검은 주술이라. 그건 차후에 알아볼 일이다.

당장 중요한 것은 감히 자신의 여자에게 껄떡댄 아브람의 처벌이 우선이다.

"제국의 황성엔 남자지만 남자가 아닌 존재들이 있다더군. 사람들은 그들을 내시라고 부른다. 남의 여자에게 껄떡댄 네 녀석에게 이 정도의 벌이 적당할 것 같아."

딕스가 들고 있던 물 잔의 물이 아브람의 아랫도리를 철썩 때린다.

붉은 대가리 오크를 학살하던 가공할 서리 마법이었다.

소규모 서리 마법이 아브람의 아랫도리에서 발생했다.

녀석의 그것은 결빙되었다가 부서져 내렸다.

한 남자의 인생을 처참하게 말아먹는 끔찍한 한 수였다.

"크아아아아아아아아—악!"

딕스는 한 점의 동요도 내보이지 않으며 고통에 몸부림치는 아브람을 내려다보았다.

수문장이 있으면 들어가지 말아야 한다.

그것도 굉장히 무시무시한 수문장이 버티고 있는 곳에 들어가려던 우를 범한 아브람.

덕스는 아브람의 두 개의 목숨 중 하나를 수거(?)했을 뿐이
다.

"내가 착해서 많이 봐준 거야."

착한(?) 덕스는 레이첼과 시모나와 바로가 기다리는 자신
의 자리로 걸어가 버렸다.

덕스는 곧 바로에게 은밀히 지시를 하달했다.

그 즉시 바로는 연회장에서 모습을 감춘다.

충격에 휩싸였던 연회는 아브람이 사람들 손에 들려 나가
는 것으로 다시 시작됐다.

연회는 영혼이 없는 좀비들의 연회처럼 괴이하고 조용하
게 흐른다.

연회장의 역병이랄까? 이날 덕스는 레이첼과 시모나 외에
아무와도 이야기하지 못했다.

제7장

다시 만난 룩센

DIX SAGA

똑똑.

"딕스 님, 바로 천장입니다."

야심한 밤, 바로가 딕스를 방문했다.

평소라면 딕스가 잠자리에 드는 시간이다.

파울의 수련 중 가장 기초적이면서도 중요한 부분이 규칙적인 생활인만큼, 그에게 가르침을 받는 딕스는 특별한 경우를 제외하고 이를 철저히 준수했다.

하나 오늘은 예외였다.

"들어오세요."

카티온 족장의 연회에서 다시 한 번 위엄(?)을 떨친 딕스.

아브람은 평소 자이라족 사람들에게 원한을 많이 사고 있었다.

그런 자가 족장 파울의 후계자인 딕스에 의해 평생 서서 오줌도 못 누는 신세로 전락했다.

이 소식을 전해 들은 자이라족 사람들은 대소하며 자신들의 작은 족장을 더 존경하게 됐다.

바로가 딕스를 향해 군례를 올린다.

딕스는 이를 당연하다는 듯이 받아들였다.

"알아보라 하셨던 자는 아달로족의 주술사 허세로라는 자입니다, 딕스 님."

"주술사? 그건 관직이오?"

"아, 아닙니다. 주술사는 초자연적인 존재의 힘을 빌려 재앙을 막거나 미래를 점치는 자를 말합니다. 관직은 아니지만 나름 민간에 힘을 쓸 수 있는 자들이지요. 외국인이신 딕스 님의 이해를 돕자면… 음, 마을의 유지라고 보시면 됩니다."

바로의 설명에 딕스는 그제야 고개를 끄덕였다.

"그렇군. 그런데 초자연적인 존재의 힘이라면 신의 힘을 말함이오? 그리고 미래를 점친다고 했는데 그게 인간의 힘으로 가능하오?"

신의 힘을 빌려 쓰고 미래를 내다볼 수 있다면 이보다 더 강력한 인간이 세상에 또 어디 있겠는가.

한데 그런 대단한 직업을 가진 자가 왜 세상에는 알려지지 않았을까? 딕스는 이것이 의문스러웠다.

그러나 그 무엇보다 그의 신경을 자극하는 것은 허세로가 자신의 기술을 보고 했던 말이었다.

검은 주술.

"그저 전설일 뿐 현실적인 능력이 아닙니다."

"하긴, 인간이 그런 능력을 가졌다면 그게 어디 인간이겠소. 신이지."

딕스의 말에 바로는 고개를 끄덕이며 수긍했다.

"내일 허세로란 자의 집을 방문하고 싶은데 절차를 거쳐야 하오?"

리안 부족 연합은 부족마다 고유의 전통이 있고 예법이 있다.

이를 무시했다간 그들의 원수가 되고 만다.

"그가 아달로의 유명무실한 주술사라면, 딕스 님은 저희 자이라의 별이십니다. 딕스 님이 명하시면 그가 언제든 찾아올 것입니다."

"흠, 내가 그보다 신분이 높다는 의미군."

"그렇습니다."

바로는 딕스를 통해 미래의 자이라를 꿈꾸기 시작했다.

그의 꿈은 비단 바로 혼자만의 것이 아니었다.

몬스터 소탕 때 드러난 딕스의 귀신같은 용병술과 연회장에서 보여준 듣도 보도 못한 신비로운 수법까지.

파울이 이끈 자이라의 전성기는 그가 없더라도 쇠퇴하지 않고 저 딕스라는 소년으로 인해 백 년은 더 가리라.

미래의 영도자!

"여기까지 오라고 하는 건 좀 그렇고, 내일 같이 갑시다."

아달로족의 주술사 허세로.

그가 말한 검은 주술이란 무엇일까? 그리고 그는 왜 자신의 기술을 보고 검은 주술이라 했을까?

내일 그를 만나 그 의문을 풀 생각이다.

'검은 주술이라… 허세로는 내게서 뭘 봤기에 그런 말을 했을까?

내일이면 알 수 있을 것이다.

내일이면.

자이라족과 달리 아달로족은 야니시아에 거의 흡수된 상태였다.

그들의 전통과 문화는 야니시아화 되어 오늘날의 아달로족은 그 이름마저도 희미한 상태였다.

이렇다 보니 부족민의 단결력도 찾아볼 수 없었다.

파울이 가장 우려하는 부분이 바로 이것이었다.

딕스는 바로와 함께 아달로족의 주술사 허세로의 집을 방문했다.

마을 유지라 해서 부유할 것이라 생각했는데 의외로 그의 집은 크지 않았다.

쿵쿵.

바로가 현관문을 두들겼다.

"계십니까?"

"바로."

"예, 딕스 님."

"그만해요. 집 안에 사람이 없어요."

바로가 여러 번 불러도 안에서 기척이 없자 딕스는 물의 척후를 통해 집 안을 확인했다.

허세로의 집은 크지 않았지만 제법 넓은 마당이 딸린 2층 벽돌집이다.

이 정도면 집안에 일하는 자들 두서넛은 있게 마련이다.

바로는 고개를 갸웃거렸다.

"딕스 님, 여기서 잠시만 기다려 주십시오. 제가 주변에 알아보고 오겠습니다."

최고급은 아니더라도 고급 주택 단지가 모인 곳이다.

길은 넓었지만 사람 모습 보기가 힘들다.

가끔 마차가 지나가기도 하지만 그것도 이삼십 분에 한 대 꼴이다.

'조용하군.'

딕스는 바로가 올 때까지 허세로의 집 담장을 따라서 걷기 시작했다.

느긋하게 담장을 돌던 딕스의 표정이 살짝 경직된다.

방금까지만 해도 허세로의 집 안에서는 존재감이 없었다.

한데 지금 막 누군가가 나타났다.

그것도 하나가 아닌 둘이다.

물의 척후의 능력을 생각할 때 이는 있을 수 없는 일이다.

공간 이동? 동화책에서나 가능한 그런 능력자가 있다면 또 모를까.

현실에서는 불가능한 일이다.

딕스는 의구심을 가득 안고서 다시 허세로의 집 대문을 향해 걸음을 바삐 놀렸다.

바로는 아직 오지 않았다.

쿵쿵.

딕스는 대문을 두들겼다.

그러자 잠겨 있을 줄 알았던 문이 부드럽게 안쪽으로 밀린다.

"계십니까? 계세요!"

쩌렁쩌렁한 목소리로 주인을 불렀지만 내다보는 이 하나 없었다.

분명 저 안에는 두 명이 있는데도 말이다.

두 명이 동시에 화장실에서 큰 볼일을 보는 걸까?

불가능한 일은 아니다.

이대로 집 안으로 들어갈까를 놓고 잠시 고민하던 딕스는 이내 고개를 내저었다.

딕스는 다시 한 번 큰 목소리로 사람을 불러보았다.

'할 만큼 다 했잖아.'

헛기침을 크게 연발하면서 딕스는 문턱에 발을 올려놓았다.

그때 조용하던 안쪽에서 사람의 목소리가 흘러나왔다.

"거기서 그만 떠들고 들어와."

어딘지 익숙한 목소리였다.

그런데 상대를 확인하지도 않고 반말이라니.

"안 들어오고 뭐 해."

딕스는 기분이 언짢았다.

하나 이러한 기분도 잠시, 그는 귀에 익은 이 목소리의 정체를 알아차렸다.

'룩센!?'

두근두근.

딕스의 심장이 크게 뛰기 시작하고 동공이 놀라움으로 확장한다.

룩센은 자신에게 이 년의 시간을 주었다.

정확하게는 딕스의 십팔 세 생일이다.

고로 녀석과는 앞으로 내년 7월 7일까지 만날 일이 없어야 한다.

놈이 혹시 약속을 깨려는 것일까? 이러한 의심이 부쩍 든다.

문턱에 올려놓은 그의 발은 마치 지남철에 찰싹 달라붙은 듯 움직임이 없다.

싸운다면 과연 자신은 룩센을 이길 수 있을까? 회의적이다.

현재로써 놈과 싸워서는 이길 확률이 50퍼센트 미만이다.

이것도 많이 쳐 줘서다.

"안 들어올 거냐?"

딕스는 고민했다.

놈이 작정했다면 이곳에서 몸을 피해도 소용없다.

일단은 부딪쳐 보는 수밖에.

심호흡을 통해 마음을 진정시킨 딕스는 그제야 문턱을 넘어섰다.

목소리가 들린 방향으로 그는 곧장 걸어간다.

허세로의 집 거실에 룩센이 주인처럼 편안하게 앉아 있었다.

정작 이 집의 주인 허세로는 거실 벽에 사지를 활짝 펼치고 붙어 있다.

처참한 모습이었다.

그의 발목과 팔목에 박힌 쇠못이 눈에 들어온다.

쇠못의 머리는 허세로의 피로 붉게 물들어 있었다.

붙박이 수납장처럼 박혀 있는 허세로의 발아래 목이 반쯤 잘린 끔찍한 모습의 남녀노소가 카펫처럼 펼쳐져 있었다.

딕스의 얼굴이 하얗게 질리며 딱딱하게 굳는다.

룩센이 그를 향해 무미건조한 웃음을 내보이면서 말했다.

"그동안 잘 지냈어? 혈색도 얼굴도 몰라보게 좋아졌군. 아, 명성도 좋아졌더군. 거기 앉아. 보기 좋은 그림은 아니지?"

피범벅인 허세로가 딕스를 향해 간절한 표정으로 입을 움직였다.

그의 바람은 소리가 되어 나오지 않았다.

벌어진 허세로의 입안에는 있어야 할 것이 없었다.

혓바닥이었다.

이를 본 딕스의 눈살이 찌푸려진다.

남의 일 같지 않다고 느끼는 것은 여전히 룩센을 이길 자신이 그에게 없어서였다.

딕스는 이를 드러내지 않았다.

오히려 차갑고 무뚝뚝하게 룩센을 대했다.

"푸줏간을 차릴 생각이냐? 그렇다면 위생에 신경 써야 장사가 될 거야. 요즘은 불경기니까. 너 같은 자에게 경기의 호황과 불황 따위 상관없겠지만."

최대한 자연스럽게, 그리고 싸움이 붙을 경우를 대비해서 오메가를 최대한 활성화시킨다.

이기지는 못하더라도 최소한 놈의 사지 중 두 개는 가져갈 생각이다.

자신의 목숨 값치고는 지나치게 저렴하지만.

'유서라도 써놓을 걸 그랬나?'

가족들의 얼굴이 눈앞을 스쳐 간다.

그 뒤로 엘리자베스 공주, 레이첼, 시모나, 파울, 그리고 기타 등등의 사람들.

룩센에게 집중하고 있었기에 딕스는 자신이 레이첼보다 먼저 엘리자베스 공주를 떠올렸다는 사실을 자각하지 못했다.

하긴, 죽을지도 모를 사지에서 이를 생각한다면 오히려 이게 이상한 노릇이리라.

"역시 마음에 들어. 어서 빨리 열여덟 네 생일이 왔으면 좋겠어. 그래야 너에게 나의 아트를 보여줄 텐데."

딕스의 눈빛에 이채가 스친다.

녀석은 약속을 어길 생각이 없다.

이를 자각하자 긴장감이 살짝 내려앉는다.

그렇다고 완전히 내려놓을 수는 없다.

딕스가 본 룩센이란 인간은…

'미친놈이잖아.'

딕스는 목소리를 가다듬고서 냉정한 어조로 말했다.

"양민 학살이 너의 아트인가? 지저분하지 않나?"

"마치 선량한 군주처럼 말하는군. 파울, 그자에게서 제왕학이라도 배웠나보군."

룩센의 어조는 냉소적이었다.

녀석의 말을 되받아치려던 딕스는 그만두었다.

자신의 정신 건강을 위해서라도 녀석과는 되도록 말을 섞지 않는 게 낫다고 생각했다.

그래도 그냥 넘어가기에는 자존심이 용납하지 않았다.

"조랑말 고기 씹는 소리 하고 자빠졌군."

"톡톡 쏘는 너의 매력이 다시 한 번 날 흥분시키는군. 역시 날 실망시키지 않고 커가고 있어. 훌륭해. 아주 좋아, 아주."

욕을 처먹고도 좋다니 확실히 놈은 정상인이 아니다.

하루빨리 녀석의 저 면상을 박살 내야 할 텐데.

지금 이렇게 노닥거리고 있는 시간이 아까워 미칠 지경이다.

한동안 잠잠했던 조바심이 딕스의 내심에서 다시 힘차게 고개를 쳐든다.

"아달로의 주술사를 죽인 이유가 뭐지?"

끔찍한 형상의 인간 붙박이장이었던 허세로는 죽었다.

차라리 죽는 게 낫다.

"내 마음이지."

녀석의 유들유들한 저 면상에다 주먹을 작렬했으면, 아니, 검을 쑤셔 박고 싶다.

살의충천!

룩센은 치아를 드러내며 웃었다.

"짜릿한 맛이군."

딕스가 발산하는 살의를 느낀 룩센은 오히려 이를 즐겁게 받아들였다.

역시 정상은 아니다.

"미친놈."

"욕도 네 입에서 나오니까 짜릿하군."

더 말을 섞었다간 자신도 놈을 따라 미쳐 버리지 않을까 싶다.

딕스는 잔뜩 흥분한 자신의 뇌를 다독였다.

그러자 보이지 않던 것, 생각하지 못했던 것들이 생각났다.

"주술에 대해서 알고 있나?"

짧은 순간이었지만 분명 룩센에게서 반응이 스쳐 지나갔다.

녀석을 예의 주시하고 있었기에 딕스는 이를 놓치지 않았다.

주술!

대관절 그것이 무엇이기에 룩센을 저토록(?) 반응케 한 것일까.

'뭔가 있었구나! 제길, 어젯밤에라도 왔어야 했는데.'

이 순간 딕스는 자신의 묵직한 엉덩이를 저주했다.

이전의 그는 생각이 나면 그 즉시 실천하는 행동파였다.

나이를 먹어서 그런가? 이제는 행동보다는 생각을 더 많이

하게 됐다.

"너는?"

갑자기 눈을 반개하며 룩셴이 그에게 되물었다.

"알아보려고 왔다."

"으음, 내가 한발 빨랐군. 다행인 줄 알아. 네가 나보다 빨랐으면 난 눈물을 머금고 널 죽여야 했을 거야."

룩셴의 대답에 딕스는 섬뜩했다.

당장을 생각하면 천만다행이지만 의문을 해결하지 못한 점을 생각하면 내내 목 안의 가시가 될 것 같다.

룩셴이 몸을 일으켜 허세로를 향해 손목을 까딱거렸다.

허세로의 목이 720도 회전을 한 뒤 뽑혀 나갔다.

잔인과 엽기와 호러의 완결판이 눈앞에서 펼쳐졌다.

시신이라도 온전히 남겨줄 것이지 꼭 저리 해야 하나 싶다.

이 끔찍한 장면을 목격했지만 딕스는 표정 하나 변하지 않았다.

대단한 강단이다.

"하나만 가르쳐 주도록 하지."

"공짜라니 듣지."

"재능자의 실종을 조사해 봐라. 그럼 네가 여기 온 목적의 해답에 좀 더 접근할 수 있을 거야. 아, 이러면 안 되는데. 난 정말 너무 착해서 탈이란 말이야. 이만 가봐야겠어. 다음에 또 봐, 귀염둥이. 후훗."

유령처럼 룩센의 몸이 흐릿해지더니 이내 완전히 사라졌다.

물의 척후도 룩센의 존재감을 파악하지 못했다.

룩센의 이 한 수가 다시 한 번 딕스의 마음에 쓰라린 패배감을 불러일으킨다.

'재능자의 실종과 주술이 연관된 건가?

주술사 허세로의 죽음.

재능자의 실종.

검은 주술.

이 모든 걸 시원하게 관통할 해답을 반드시 찾아야 할 것 같다.

룩센이 건네준 작은 힌트, 그 힌트를 찾기 위해서는 다시 공국으로 가야만 한다.

'부모님 오시면 함께 귀국해야겠군.'

갑자기 물먹은 솜처럼 몸이 무거워진다.

허세로 일가의 참변 이후에도 딕스의 일과는 여느 날과 다름없이 규칙적으로 이루어지고 있었다.

늘 그렇듯 그는 새벽 4시에 기상해 빡빡하게 하루 계획을 모두 소화한 뒤 밤 10시면 어김없이 잠자리에 들었다.

의외의 장소에서 룩센을 만나게 된 딕스는 이로 인해 적잖은 충격을 받았다.

공포와 패배감, 풀리지 않는 의문으로 머릿속이 가득 찼지만 겉으로 보인 그의 일상생활은 전혀 흔들림이 없었다.

이는 머리가 아닌 몸이 생활에 길들여졌기에 가능한 일이기도 했다.

남들이 보기에는 전혀 변화가 없는 면도날 같은 생활이었지만 실제 딕스에게는 작은 변화가 생겼다.

리안 부족 연합의 전통과 역사에 깊은 관심을 갖게 된 것이다.

시간상 딕스 본인이 직접 알아보기는 힘들어서 믿을 수 있는 자를 수배해 일을 맡겼다.

딕스의 관심 종목(?)은 당연 주술에 관한 부분이다.

"학자 벵갈이 서북쪽 소수 부족을 찾아 떠났습니다, 딕스님."

"수고했어요, 바로 천장."

점심 식사 후 시간을 바로에게 할애한 딕스는 곧장 개인 수련장으로 발걸음을 옮겼다.

그가 걸어가는 앞쪽 방향에서 시모나가 큼지막한 과일 바구니를 들고 뒤뚱거리며 걸어오고 있었다.

하녀를 시켜도 될 일을 그녀가 손수 하고 있자 딕스는 의아했다.

"시모나 양."

딕스가 먼저 알은 체하며 시모나를 불렀다.

힘을 쓰느라 얼굴이 빨갛게 상기되어 있던 시모나는 갑자기 그가 앞에 나타나자 화들짝 놀랐다.

"디, 딕스 님."

"하인을 시킬 일이지 어찌 그 무거운 걸 들고 가십니까?"

시모나는 과일 바구니를 뒤로 감추었다.

딕스는 그녀의 손에서 과일 바구니를 빼앗아 들었다.

과일 바구니는 그 덩치만큼이나 묵직했다.

저택에 일하는 사람이 한둘도 아니고, 더욱이 저택의 경비를 맡고 있는 전사도 그 수가 적지 않다.

부르면 달려올 자들이 수두룩한데 어째서 사서 고생을 하는지 이해할 수 없었다.

금은보화라면 또 모를까.

"제 손으로 하고 싶은 일이 있어서요."

시모나의 음성은 수줍은 듯 점점 잦아들었다.

딕스는 그녀의 행동이 조금 이상했지만 제 손으로 할 일이 있다고 하니 그런가 보다 하고 넘어갔다.

눈앞의 여성이 시모나가 아닌 레이첼이었다면 진드기처럼 달라붙어서 꼬치꼬치 캐물었을 것이다.

레이첼에게 이곳은 남의 집이니까.

"그렇군요. 어디까지 가십니까? 제가 바래다 드리죠."

"수련장에 가시는 길 같은데 이리 주세요. 제가 들고 갈 수 있어요."

"흠, 온몸을 휘청이며 금세 자빠질 듯 걷는 사람 입에서 할 소리는 아니라고 봅니다. 아! 농담입니다. 그리 울 것 같은 표정을 지으시면 제가 나쁜 놈 되잖습니까, 하하."

그의 호탕한 웃음을 멍하니 바라보던 시모나는 그와 눈이 마주치자 잘 익은 사과처럼 얼굴이 익어버린다.

황급히 시선을 피한 시모나는 더듬거리는 목소리로 조그맣게 항변하듯 말했다.

"저 울려 한 거 아닙니다. 그, 그냥… 더워서 그런 겁니다. 더워서예요."

"아, 농담인데 참 진지하게 받아들이시네요. 어디로 가면 됩니까?"

고개를 푹 숙인 시모나는 수줍은 손짓으로 한쪽을 가리킨다.

허공에 뻗은 그녀의 팔이 수전증이라도 걸린 듯 파르르 떨린다.

딕스는 앞으로 시모나에게는 함부로 농담을 하지 말아야겠다고 결심했다.

딕스가 앞서 걷고 삼 보 뒤쯤 시모나가 그의 등을 흘끔거리며 따라왔다.

그만 보고 걷던 시모나는 지면을 뚫고 튀어나온 나무뿌리에 걸려서 그만 앞으로 꽈당 넘어졌다.

그녀의 비명과 철퍼덕거리는 소리에 딕스는 재빨리 몸을

틀었다.

그녀는 말 그대로 완전히 대자로 바닥에 뻗어 있었다.

딕스는 웃지 말아야 한다고 생각하면서도 저도 모르게 쿡쿡 웃고 말았다.

엉거주춤 일어선 시모나는 목까지 새빨개진 채 얼굴을 들지 못했다.

그제야 딕스는 그녀에게 미안함을 느꼈다.

다 큰 여성이 젊은 남자 앞에서 대자로 자빠졌다.

이것만 해도 수치스러울 일인데 거기에 대고 웃어버렸으니 시모나의 심성으로 볼 때 큰 상처가 되었으리라.

'흠, 역적이 된 기분이네.'

적당한 위로의 말이 떠오르지 않았다.

그 짧은 순간의 멈칫이 두 사람에겐 굉장히 길게 느껴졌다.

시모나는 그가 아무런 말도 없자 그게 섭섭했다.

겸연쩍은 표정으로 서 있는 딕스를 향해 시모나가 먼저 울먹이는 목소리로 입을 열었다.

"바, 바보 같은가요? 이상하죠. 그래요, 저도 제가 바보 같고 이상해요. 훌쩍."

변명의 여지가 없다.

이럴 때는 그저 한 가지 방법이 최고다.

"죄송합니다, 시모나 양."

허리까지 숙이며 사과하는 딕스의 행동에 시모나는 아무

런 대꾸 없이 그의 손에서 과일 바구니의 손잡이를 잡아 제 쪽으로 잡아당겼다.

"제가 들어다 드리겠습니다."

난처한 표정으로 딕스가 말했지만 시모나는 여전히 고개를 푹 숙인 채 말도 없이 바구니만 빼내려 했다.

그 모습이 토라진 아이처럼 귀여웠다.

그냥 주기에도 이상하고 안 주는 것도 이상한, 졸지에 애매모호한 상황이 되어버렸다.

딕스는 이 상황이 참으로 난처했다.

그는 강하게 밀어붙이는 것이 낫다고 판단했다.

"제가 들어다 드린다니까요."

딕스는 바구니를 제 쪽으로 확 잡아당겼다.

이게 실수였다.

대나무 바구니 손잡이에 시모나의 손바닥이 베인 것이다.

츠핏.

주르륵.

"시, 시모나 양!"

의도치 않은 상황의 연속이었다.

시모나는 상처 난 손을 다른 손으로 감싸 쥐더니 드디어 딕스의 얼굴을 보았다.

벌겋게 달아오른 양쪽 뺨엔 어느새 대하(大河)와 같은 눈물이 흐르고 있었다.

파르르 떨리는 작고 도톰한 붉은 입술은 무언가를 곧 분출할 것 같았다.

그게 무엇일까? 딕스는 자신이 시모나의 입장이었다면 걸쭉한 욕설을 토했을 것이라고 생각했다.

어디 시모나가 딕스에게 그럴 사람인가.

하다못해 집안에 일하는 말단 하녀에게도 친절한 사람이 시모나다.

"주방까지 부탁합니다. 전 상처를 치료하러 가겠습니다."

의외로 시모나는 별다른 내색을 하지 않았다.

그렇게 총총걸음으로 걸어가는 그녀의 뒷모습을 보자 딕스는 순진한 아이를 골려준 못된 악동이 된 듯한 기분에 빠졌다.

이대로 그녀를 보내면 진짜 나쁜 놈이 될 것 같은 느낌에 딕스는 반사적으로 시모나의 얇은 손목을 붙잡았다.

시모나의 몸이 크게 흠칫했다.

그녀의 떨림이 고스란히 딕스에게 전해진다.

"왜, 왜?"

놀란 토끼처럼 두 눈을 동그랗게 뜬 시모나의 음성이 떨리고 있었다.

"그냥 그리 가면 내가 미안해지잖아요. 저쪽으로 갑시다."

딕스는 그녀의 허락을 구하지도 않고 힘으로 시모나를 넝쿨 아래 벤치로 끌고 갔다.

시모나를 벤치에 강제로 앉힌 딕스는 말없이 그녀의 손바닥을 뒤집어 펼쳤다.

생각보다 출혈이 심해 상처가 피에 가려 보이지 않았다.

고개를 옆으로 돌린 채 파르르 떨고 있는 시모나를 올려다본 딕스는 찌푸린 얼굴로 혀를 찼다.

"많이 아팠을 텐데 왜 말을 안 합니까? 아프면 아프다고 말을 해야 하잖아요."

"괘, 괜찮아요. 아프지 않아요."

"피가 이리 나는데 뭐가 괜찮아요? 가만히 있어 봐요."

자꾸 손을 빼내려 하는 시모나의 행동에 딕스는 따끔하게 일침을 가한 뒤 더욱 힘주어 그녀의 손목을 움켜잡았다.

시모나의 입에서 아픔 때문인지, 아니면 다른 의미인지 알 수 없는 신음이 살짝 흘러나온다.

그녀가 그러거나 말거나 딕스는 대기 중의 수분을 모아서 물 덩이를 만들었다.

눈앞에서 펼쳐진 신기한 장면에 시모나는 서러움과 섭섭함도 잊고 연방 두 눈을 끔뻑였다.

그녀의 표정을 본 딕스는 속으로 피식 웃었다.

'시모나 양이 의외로 귀여운 구석이 많단 말이야?'

작은 자극에도 크게 반응하는 사람을 보면 누구나 그 반응이 재미있어서 장난을 치게 된다.

하나 열일곱 살이나 먹은 사내대장부가 어찌 여인에게 그러한 짓궂은 장난질을 치랴.

애써 진지한 표정을 한 딕스는 물 덩이로 그녀의 손을 씻었다.

손바닥에 4센티미터가량의 상처가 나 있다.

상처와 그녀를 번갈아 보며 딕스는 혀를 찼다.

생각보다 상처가 컸기에.

딕스는 품에서 상비약으로 갖고 다니던 포션을 꺼내어 시모나의 상처에 뿌려주었다.

고가의 포션답게 효과는 즉시 발휘됐다.

출혈이 멈추고 상처가 완벽하게 봉합된다.

"가, 감사합니다, 딕스 님."

딕스의 남자다운 모습에 시모나는 심장이 벌렁거린다.

회복된 시모나의 손바닥을 거듭 확인한 딕스는 그제야 그녀의 손목을 놓아주고 몸을 일으켰다.

시모나는 그의 행동 하나하나를 긴장하며 바라보았다.

"갑시다."

가자는 말과 함께 앞으로 불쑥 내밀어진 딕스의 손.

갑자기 손을 왜 내민단 말인가? 설마 자신더러 저 손을 잡으라는 걸까? 그의 의중을 알 수 없었기에 시모나는 순간 어찌할 바를 몰라 쩔쩔맸다.

단순한 것이 정답이다.

눈에 보이는 대로 눈앞의 손을 잡으면 된다.

너무 많은 생각을 일시에 하다 보니 시모나는 단순한 그의 제스처에 혼란스러워했다.

눈앞의 남자는 그녀에게 평범한 남자가 아니다.

좋아하는 남자였다.

작은 것 하나에도 의미를 부여하고, 의미를 해석하느라 바빴다.

이 점이 딕스 앞에서의 그녀를 어수룩한 사람으로 만든다.

아니, 순진한 여인으로 만들었다.

이 모습이 귀여워 보였던가? 딕스는 진담과 농담을 섞어서 말한다.

"또 넘어지면 이번엔 진짜 대놓고 웃을 겁니다. 그러니 내 손 잡고 조심스럽게 걸어요. 두 번 다시 넘어지지 않도록."

…두 번 다시 넘어지지 않도록.

딕스가 별생각 없이 던진 말은 그녀의 가슴에 설렘이라는 파문을 일으켰다.

시모나는 멍한 얼굴로 딕스를 올려다본다.

딕스는 태양을 등지고 서 있었다.

눈부심은 당연하다.

그런데도 시모나는 이것이 사람에게서 나오는 아우라로 생각했다.

콩콩콩콩.

시모나의 심장은 흥분해서 지금 콩을 볶고 있었다.

그녀가 자신의 손을 잡을 생각을 하지 않자 딕스는 그녀의 양해도 없이 덥석 그 손을 잡아 일으켰다.

"어멋!"

그녀가 화들짝 놀라 당혹스러운 비명을 질렀지만 딕스는 별다른 내색 없이 성큼성큼 앞으로 걸어가 버린다.

입가에는 장난기를 머금고서.

평소의 걸음걸이대로 무작정 걸으니 여자인 시모나의 보폭이 어찌 이를 따를까.

점점 뒤로 처지며 무거워지는 시모나의 발걸음을 느낀 딕스는 표정을 고치면서 걸음을 멈추었다.

"아, 실수. 시모나 양의 보폭을 생각 못 했군요. 자 그럼 정상적으로 걸을까요?"

시모나는 놀림을 당했다는 생각이 들었다.

한데도 분하지가 않았다.

오히려 몹시 기뻤다.

그와 자신의 거리가 이전보다 많이 가까워졌다고 느꼈기 때문이었다.

앞서 질질 끌고 가던 모양새에서 산책을 즐기는 연인의 모습이 된 두 사람.

시모나는 이 시간이 꿈만 같았다.

그 시간은 그리 길지 않았다.

지나가는 하인을 발견한 딕스가 그에게 과일 바구니와 시모나를 동시에 맡겨 버렸기 때문이다.

"시모나 양, 다음엔 무리하지 마시오. 그럼 난 수련이 바빠서."

일말의 망설임도 없이 휑하니 돌아서는 딕스를 향해 시모나는 섭섭함을 애써 감추며 손을 흔든다.

아직도 그녀의 표정에선 꿈의 편린이 남아 있었다.

'저 당신께 한 발짝 더 다가가도 되는 거죠? 딕스 님.'

여인은 부끄러운 듯 배시시 웃음 짓는다.

딕스의 주특기라 말할 수 있는 마법은 크게 세 가지였다.

하나는 물 덩이를 만들어 적을 익사시키는 것이다.

둘째는 안개를 생성해 냉기를 더하거나, 혹은 독을 푼다.

셋째는 물방울에 냉기를 담아 상대를 격살시키는 방법이다.

이 모든 것의 공통점은 실로 가공할 살상력을 갖추고 있다는 점이었다.

일단 이 정도가 딕스가 할 수 있는 대표적인 공격 마법이다.

가장 핵심이랄 수 있는 골렘 시리우스는 예외다.

현재 그는 이 세 가지 마법을 기초로 해 룩셴을 상대할 방법을 연구 중이었다.

앞서도 경험했지만 시리우스로는 괴이한 움직임을 보이는

룩센을 잡을 수 없었다.

놈을 잡으려면 딕스 본인이 그와 정면으로 부딪쳐서 이길 수 있어야 한다.

이를 위해서 딕스는 매일같이 노력을 했지만 획기적인 확실한 기술을 만들지 못했다.

'필살기를 만들어야 해, 필살기를.'

필살기로 승화시킬 기술을 딕스는 안개에서 찾고 있었다.

안개는 원하는 만큼 범위를 넓힐 수 있으며 필요할 때는 촘촘하게 해 적의 시야를 가릴 수 있다.

룩센의 움직임이 실로 괴이해 전혀 예측할 수 없지만 자신의 주변에 안개를 잔뜩 깔아놓으면 분명 이를 지나쳐야 할 것이다.

물론 앞서도 경험했듯 룩센은 안개를 뚫고 들어와 정확하게 딕스를 찾아내 위협했다.

그럼에도 안개에서 해답을 찾을 수밖에 없다.

그렇다면 안개의 격을 높이는 것은 어떨까? 고심고심.

문제는 방법이다.

냉기와 독을 풀어도 룩센을 막기는 힘들다.

그렇다면 물리적인 방어 수단을 안개에 접목해야 하지만 아무리 생각해도 안개에 물리적인 방어 수단을 주는 게 쉽지가 않았다.

얼음은 어떨까 싶어 실험했지만 막상 해보니 마나 소모가 실로 극심해 삼십 초 유지하는 것도 힘들었다.

한겨울이면 주변이 몽땅 수분과 한기이니 괜찮을 것 같기는 하지만 이는 불가능하다.

룩센이 찾아오기로 한 날짜는 딕스의 생일인 7월 7일. 한여름이다.

'젠장, 난 왜 여름에 태어난 거지?'

이젠 별 시답잖은 불만을 토로하는 딕스다.

그게 힘들다면 차선책으로 룩센을 물속으로 끌어들이는 방법이 있다.

물속이라면 놈과의 정면 승부에 자신이 있었다.

문제는 놈이 미쳤다고 자신의 안방인 물속으로 들어오려 하겠는가.

물론 들어오면 두 손 두 발 들고 환영해 줄 테지만.

이건 열외.

룩센, 룩센, 룩센… 망할 놈!

지끈지끈.

"머리통 폭발하겠네. 휴우."

고개를 푹 떨어뜨린 딕스의 전신에서는 좌절이라는 이름의 검은 아지랑이가 머리를 풀어헤치고 승천한다.

'방법이… 방법이 진정 없단 말인가!'

제8장

납치된 레이첼

딕스는 오늘도 여느 날과 다름없이 자신의 개인 수련장에서 마법 연구와 실험과 수련을 병행하고 있었다.

최근에 들어서 그는 살상력을 극대화시킨 위험한 광역 마법을 수련하고 있다.

마법의 힘은 한 번 발동하면 거두기가 쉽지 않고 또 범위가 넓어 자칫 주변에 피해가 발생할 수 있다. 더욱이 딕스가 실험하는 마법은 그의 손에 익숙한 마법이 아니기에 기교가 부족했다.

그러니 뭣 모르고 그의 수련장으로 들어왔다간 죽음을 피할 수 없다.

접근 금지!

그의 수련장 앞에는 이 푯말이 세워져 있었다.

오죽하면 파울조차 멋모르고 한 번 들어왔다가 비명횡사할 뻔했다.

그때부터 파울은 멀찍이서 인기척을 냈다.

딕스의 개인 수련장은 파울의 넓은 저택 내에서도 가장 후미진 곳에 위치해 있었다.

차갑고 뜨거운 안개가 수시로 수련장을 괴롭힌다.

여기저기 설치한 수련용 허수아비는 기본적으로 하루에 수백 개가 박살 난다.

허수아비의 잔해는 치울 필요가 없었다.

먼지가 되어 증발해 버리기 때문이다.

그의 수련용 허수아비는 일반 농지에 세워놓은 허수아비와 달리 굉장히 튼튼하게 만들어진 것이다.

전사들이 수련하려고 특별한 방식으로 만들어졌기에 일반인의 힘으로는 겨우 흠집만 낼 수 있을 뿐이다.

그런 튼튼한 허수아비들이 한두 개도 아니고 매일 수백 개씩 먼지가 된다.

이는 전사 열 명이 열흘 내내 허수아비를 두드려 잡아도 어렵다.

오늘도 어제처럼 딕스는 고가의 허수아비를 상대로 마법을 실험한다.

"이것도 아냐. 부족해."

안개를 기본으로 하고 여기에 다양한 방법을 첨가해 가며 실험한다.

차갑게 얼려보기도 하고 고온의 뜨거운 물로 삶기도 해보았다.

혹은 가상을 적을 세워두고 물의 마법을 매복시켜 놓았다가 공격하기도 한다.

문제는 번번이 그 가상의 룩센에게 패한다는 것이다.

실제로 부딪치면 차이가 있을지 모르지만 완벽한 승리를 일궈내지 못하는 이상 끊임없이 노력해야 한다.

목숨이 달린 일이니 0.00001퍼센트의 틈도 용납하기 힘들다.

"그나마 환영 하나에 존재감을 입힐 수 있는 게 유일한 성과인가?"

물의 척후를 시켜 딕스는 자신이 불러낸 환영의 존재감을 읽게 했다.

당연히 물의 척후는 허상인 환영의 존재감을 읽지 못했다.

실제로 이런 일은 불가능하다.

그래도 딕스는 좌절하지 않고 밤낮없이 매달렸다.

그렇게 노력한 결과 겨우 성과를 낼 수 있었다.

아브람과의 결투에서 딕스는 아이디어를 얻었다.

이것이 비장의 한 수가 될지는 모르겠지만 이론상으로는 지금까지 연구한 그 어떤 마법보다 룩센을 상대하는 데 있어서 효과적이라고 생각했다.

존재감을 발산하는 환영의 숫자를 더 늘릴 생각이다.

환영에 존재감을 입히는 작업은 굉장히 까다롭다.

순간적으로 상을 만들고 거기에 존재감까지 입힌다는 것은 엄청난 마나와 정신력과 기술이 필요하다.

이는 딕스에게 두 개의 마나와 두 개의 마음과 오메가 핵본체가 있었기에 가능한 일이다.

기존의 마법사들은 백 번을 죽었다가 깨어나도 불가능하다.

잠시 수련을 멈추고 사색하던 딕스에게 물의 척후가 사람이 다가옴을 알린다.

'왜 계속 들어오는 거지?'

고양이처럼 목숨이 아홉 개라면 모를까, 누가 대체 겁도 없이 자신의 수련장을 향해 곧장 오는 걸까?

그의 의문에 답하기라도 하듯 다급함이 느껴지는 목소리로 누군가 딕스를 애타게 부른다.

수련장의 위험성을 아는 인물이었다.

그의 목소리는 저지선 밖에서 들린다.

"딕스 님! 딕스 님!"

레이첼은 설레는 마음으로 딕스의 옷을 손수 만들고 있었다.

넉넉하게 준비한 옷감이 있어 시장에 갈 필요는 없었다.

한데 만들다 보니 꼭 들어갔으면 좋을 것 같은 색상의 옷감이 없다는 걸 깨달았다.

당분간 외출을 자제하라는 딕스의 당부가 있었지만 잠깐 옷감 가게에 갔다 오는 것이라서 괜찮을 것이라고 생각했다.

이것이 레이첼에게 평생을 지울 수 없는 기억으로 남을지 이때까지만 해도 그녀는 상상조차 할 수 없었다.

"레이첼이… 사라졌다고?! 그게 무슨 말이오, 하비옷 총관! 그녀가 왜 사라져? 저택의 경비망이 뚫렸단 말이오?"

딕스의 표정이 삽시간에 굳어진다.

한창 수련 중이던 탓에 가라앉지 않은 마나의 기운이 그의 전신을 여전히 휘감고 있었다.

그의 감정이 격해지자 마나의 기운은 마치 세찬 급류가 되어 하비옷 총관을 억압했다.

하비옷 총관이 힘들어 하는 기색을 뒤늦게 알아차린 딕스는 자신의 기운을 다스렸다.

땀을 삐질삐질 흘리면서 하비옷 총관이 입을 열었다.

"레이첼 님께서 시장에 다녀오신다며 나가셨다고 합니다, 딕스 님. 하녀의 말을 듣고 사람을 급히 보냈습니다만 끝내 그분을 찾지 못했습니다."

"호위병도 없이 갔단 말이오?"

"전담 호위병 두 명이 함께 갔습니다. 그런데……"

하비웃 총관이 말끝을 흐린다.

딕스는 총관의 이어질 말이 머릿속에 그려졌다.

'설마, 그녀에게 무슨 일이 있는 것은 아니겠지? 아닐 거야. 아닐 거야!'

자신의 감정을 다스리기 위해서 딕스는 크게 심호흡을 한다.

"말해보시오, 하비웃 총관."

"호위병들이 시체로 발견됐습니다. 레이첼 님은 현장을 샅샅이 수색했지만 없었습니다. 송구합니다."

하비웃 총관은 대죄를 지은 사람처럼 고개를 들지 못했다.

이 일이 어찌 하비웃 총관의 잘못이겠는가.

"갑시다."

딕스는 저택 본관을 향해 뛰었다.

레이첼을 따라나섰던 두 호위 병사가 시신이 되어 돌아오자 저택의 경계가 한층 더 강화됐다.

"딕스 님."

"시모나 양, 저것이오?"

갈색 담요에 가려진 두 개의 기다란 물체가 보인다.

시모나는 불안한 표정으로 고개를 연방 끄덕이며 힘겹게 대답했다.

"예."

딕스는 시신을 가리고 있던 담요를 벗겼다.

하비옷 총관이 거칠어진 숨을 고른 뒤 그의 기분을 고려해서 최대한 빠르게 시신의 사인을 설명했다.

"전문적인 암살자의 소행입니다. 목뒤를 보십시오. 얇고 둥근 상처가 보이실 겁니다. 저러한 흔적을 낼 수 있는 무기는 암살자들이 주로 사용하는 것입니다."

시신의 얼굴에서 레이첼의 얼굴이 보인다.

확정된 건 아무것도 없었다.

그럼에도 생각은 자꾸만 불길한 쪽으로 무겁게 기운다.

딕스는 두 눈을 질끈 감고서 생각에 잠겼다.

레이첼의 시신은 발견되지 않았다.

그녀를 호위한 병사 둘만 살해당한 채 발견됐다.

범인은 전문 암살자다.

일처리가 깔끔하지 않고서야 어찌 암살자라 할 수 있을까.

두 구의 저 시신은 어쩜 놈들이 일부러 찾기 쉽도록 방치한 것일 수도 있다.

왜? 무엇 때문에? 어째서!

딕스의 불끈 쥔 주먹에 시퍼런 힘줄이 툭툭 불거져 나온다.

"디, 딕스님."

걱정이 가득한 목소리로 시모나가 그의 이름을 조심스럽

게 부른다.

"난 괜찮습니다."

괜찮다고 말하는 자의 표정은 분노와 의혹으로 붉게 물들어 있었다.

지금은 냉정할 때다.

두 호위병의 시신을 남겨놓은 자들에게 분명 의도가 있음이다.

누굴까? 시모나가 아니라 레이첼을 납치… 딕스는 납치에 비중을 두었다.

레이첼의 죽음은 생각하기도 싫었기에.

아무튼 시모나가 아닌 레이첼을 놈들이 납치했다면 놈들의 목적은 그녀가 아니라 어쩜 자신일지 모른다.

'내게 원한이 있는 놈은 최근에 딱 한 놈뿐이다.'

자신의 손에 남자의 기능이 영구적으로 상실된 자!

심증일 뿐이다.

확실한 증거가 없다.

마음은 아브람의 집으로 당장 쳐들어가서 서까래는 물론 장판석 하나하나 모조리 뒤지고 싶었다.

하나 만약 그곳에 레이첼이 없다면, 그리고 그가 범인이 아니라면!

그 어떤 것도 쉽게 결정할 수 없었다.

"총관님."

"예, 예, 딕스 님."

"일꾼들을 해산시키십시오. 바로 천장은 어디 갔습니까?"

딕스는 표정과 목소리를 가다듬었다.

심장을 달군 지금의 이 분노는 온전히 모아서 납치범을 찾은 뒤 그 열 배로 갚아주리라.

빠드득!

일이 해결되기 전까지는 자제심을 발휘해야 한다.

자신이 흔들려서 날뛰면 이는 납치범을 오히려 즐겁게 하는 것일 테니까.

하아.

그의 표정을 살피면서 하비옷 총관이 대답한다.

"수색대를 이끌고 나갔습니다."

"혹시 시신에서 편지나 쪽지 같은 것은 발견되지 않았습니까?"

"찾아보았지만 없었습니다."

총관의 말에 딕스는 눈살을 찌푸리며 시체를 내려다본다.

레이첼을 인질로 잡아두는 것이라면 범인의 목표는 확실히 자신일 것이다.

만약에, 아주 만약에 그게 아니면 레이첼의 미모를 탐낸 자의 소행일 수도 있다.

납치면 그나마 다행이다. 기회가 있으니까.

문제는 후자인데 그건 최악의 경우다.

"총관님."

"예."

"아브람의 동태를 파악할 수 있겠습니까?"

"사람을 보내놨습니다."

신속하고 냉정한 총관의 일처리에 딕스는 감탄했다.

파울이 어찌해 저택의 모든 대소사를 하비옷 총관에게 일임했는지 이제야 알 것 같았다.

"고맙습니다. 그리고 전 제 방에 가 있도록 하겠습니다. 바로 천장이 오면 제 방으로 보내주십시오."

아직은 머리를 더 식혀야 한다.

이를 위해서 딕스는 혼자만의 시간이 절실했다.

몸을 돌려 걸어가던 그를 시모나가 부르며 위로한다.

"딕스 님, 걱정 마세요. 레이첼은 무사히 돌아올 거예요."

"고맙습니다, 시모나 양. 그럼."

시모나는 딕스의 곁에서 위로를 해주고 힘이 되어주고 싶었다.

감정에 휘둘리지 않으려는 절박한 그의 노력은 그녀가 다가갈 여지조차 주지 않고 있었다.

멍하니 서서 딕스의 뒷모습만 하염없이 바라보는 시모나를 하비옷 총관이 바라본다.

'시모나 님.'

바로 천장이 돌아왔다.

딕스는 두근거리는 마음으로 그의 입을 주시했다.

그의 입에서 레이첼이 죽었다느니 따위의 말이 나오지 않기를 그는 진심으로 간절히 바랐다.

그동안 그녀에게 무심했다.

이곳에서 레이첼이 믿고 이야기할 수 있는 사람은 자신뿐인데 자신은 대부분의 시간을 수련장에 틀어박혀서 살상 기술만 연마하지 않았던가.

후회는 왜 매번 뒤늦게 오는 걸까?

'그녀가 살아 있다고 말해줘!'

바로는 처음으로 딕스의 얼굴에서 두려움을 읽을 수 있었다.

아니, 그것은 충천한 살의와 정점을 찍은 분노였다.

저 가슴속에 웅크리고 있는 분노의 야수가 밖으로 뛰쳐나온다면 그 순간 세상은 처참한 피바다가 되지 않을까 싶었다.

침음을 삼키면서 보고하는 바로다.

"레이첼 님의 행방은 찾지 못했습니다. 목격자가 여럿 있었지만 그들에게선 실마리를 얻지 못했습니다."

의외로 딕스는 작게 안도의 한숨을 내쉬었다.

이건 이 상황을 그가 만족했기 때문이 아니었다.

레이첼이 살아 있을 확률이 그만큼 높아졌음에 대한 안도였다.

"수고하셨습니다. 레이첼이 납치된 것이라면 분명 범인으로부터 모종의 요구가 올 것입니다. 사람을 푸는 것보다 범인의 요구를 단서 삼아 찾는 게 더 빠를 겁니다. 그러니 사람을 풀어 그녀를 찾는 일은 중지하세요."

"수색을 통한 압박이 납치범을 보다 빨리 움직이게 하지 않겠습니까?"

"반대의 경우도 있습니다."

"음… 알겠습니다. 즉시 조치하겠습니다."

"참, 바로 천장."

"예, 딕스 님."

"사부님께는 이 사실을 알리지 마십시오. 공무 중이신데 속만 번잡해지실 겁니다."

분노에 휩싸여 있으면서도 주위를 살피는 딕스의 냉철함에 바로는 내심 감탄한다.

저런 인물이니 족장이 그를 제자로 맞아들인 것이리라.

바로는 한결 가벼운 마음이 될 수 있었다.

"그리하겠습니다. 제 도움이 필요하시다면 언제든 불러주십시오, 딕스 님."

"고마워요, 바로 천장. 고생 많았을 텐데 가서 쉬세요."

어느새 뉘엿뉘엿 해가 졌다.

저 어둠 속 어딘가에서 레이첼이 두려움에 떨고 있을 것이라 생각하자 딕스는 속이 타들어갔다.

'이 바보 같은 여자야, 그러게 나가긴 왜 나가. 이깟 옷이
뭐라고.'

와락.

레이첼의 방에서 찾아낸 옷 한 벌.

누가 봐도 이 옷의 주인은 딕스였다.

자신을 위하는 그녀의 마음은 참으로 고마웠지만 자신의
주의를 듣지 않은 그녀의 경솔함은 참으로 얄미웠다.

벌떡 일어선 딕스는 숯검정이 된 속으로 테라스로 다가간
다.

'연락해라. 빨리, 빨리해, 이 빌어먹을 자식아!'

딕스는 그 자신이 상정한 가장 최악의 경우는 떠올리지 않
았다.

레이첼의 미모를 탐낸 색마의 짓일 거라고는, 애써.

레이첼이 납치된 지 어느덧 삼 일이 흘렀다.

이 시간은 딕스에게 피를 말리는 시간이었다.

그의 초조감은 점점 고조되어 그를 뿌리부터 흔들었다.

끼이익.

철컹.

파울의 저택의 철문을 열고 수문장 전사가 나온다.

큰 덩치와 우락부락한 인상이 쳐다보기만 해도 겁나게 생
겼다.

그는 덩치와 인상에 어울리지 않게 행동 하나하나가 무척이나 소심했다.

그는 최대한 소리를 내지 않으려고 노력하고 있었다.

이 저택의 주인인 파울의 단 하나뿐인 후계자이며 자이라의 미래가 될 남자의 두 번째 부인이 납치되었기에 이 남자가 이러하듯 다른 이들도 행동에 신중을 기하고 있었다.

"어? 이건 뭐지?"

묵직해 보이는 검은 상자 하나가 발밑에 있었다.

주변을 둘러본 수문장이 상자를 집어 들었다.

그가 상자를 살피는 사이 함께 정문 경비를 맡은 조의 전사들이 하나둘 밖으로 나온다.

"버켄 조장, 그건 뭐요?"

"그 상자 칙칙한 게 느낌이 안 좋네요, 아침부터 보기엔."

수문장 버켄이 상자를 한 손으로 들고 흔들었다.

언뜻 보기에는 쇠로 만들어진 듯하다. 그러나 흔들리는 모습을 보니 나무 상자 같기도 했다.

저택의 분위기가 뒤숭숭하다 보니 평소에는 그냥 열어봤을 상자도 열기가 꺼려진다.

"조장, 그게 뭔 줄 알고 그리 흔듭니까. 귀중한 거라도 들었음 어쩌려고. 그렇지 않아도 분위기가 뒤숭숭한데."

"그러게, 조심해요."

수하들의 핀잔이 쏟아지자 버켄의 짙고 무성한, 일명 송충이 눈썹이 꿈틀거린다.

기분이 상한 버켄이 인상을 와락 구긴다.

그 모습이 자못 험상궂다.

그제야 자신들의 농이 지나쳤다는 것을 깨달은 버켄의 수하들이 그를 달랜다.

겨우 기분이 풀어진 버켄이다.

"깨지는 물건은 아니다. 그리고 딱딱한 물건도 아니고. 너희는 근무 서고 있어라. 내 총관님께 다녀오마."

버켄이 큰 걸음으로 총관실로 향한다.

사람은 겉으로 판단해서는 안 된다.

버켄 역시 그런 인물이다.

'납치범이 보낸 것일 수 있어. 내용물의 가벼움으로 봐선 편지일지도 몰라.'

딕스의 일은 더 이상 혼자만의 일이 아니다.

저택을 지키는 전사들의 일이요, 나아가 자이라족의 일이다.

소수이기에 더욱더 결집이 잘되는 자이라 부족.

그 부족민 하나하나가 지금 딕스를 걱정해 주고 있었다.

똑똑.

"총관님, 2조 수문장 버켄입니다."

"들어오게."

안쪽에서 허락의 말이 떨어지자 버켄은 공손한 태도로 사무실에 발을 들였다.

실용미를 추구한 검소한 실내.

이곳은 총관 하비웃이 하루 대부분의 시간을 보내는 곳이다.

"첫 근무가 2조 아닌가? 근무 시간에 무슨 일인가, 버켄."

수문장의 근무 시간표까지 외우는 철저한 이가 하비웃이다.

그러나 버켄은 놀라지 않았다.

저 남자의 철저함은 이미 널리 알려진 이야기였기에.

"대문에 이것이 놓여 있었습니다, 총관님."

버켄에게서 검은 상자를 받아든 하비웃의 얼굴에 긴장감이 어린다.

상자를 이리저리 살피던 총관이 구석에 달린 작은 단추를 누른다.

버켄도 이 단추를 발견했지만 누르지 않았다.

딸깍 소리와 함께 열린 상자 안에는 버켄이 추측한 대로 편지가 있었다.

아니, 편지라고 하기에는 부족한… 쪽지다.

딕스의 방에 하비웃 총관과 바로, 시모나가 앉아 있다.

이 방의 주인은 창턱에 엉덩이 반쪽을 걸치고서 팔짱을 낀 채 살짝 고개를 숙이고 있었다.

잘 정돈된 옆얼굴은 짙은 고뇌로 가득했다.

하비웃, 바로, 시모나는 딕스의 생각을 방해하지 않기 위해 숨소리마저 죽이고 있었다.

째깍째깍.

"아무래도 가봐야 할 것 같습니다, 그곳으로."

딕스가 드디어 입을 열었다.

한 시간 만이었다.

그의 결정에 시모나가 당황한 표정으로 급히 말했다.

"딕스 님, 가시면 안 됩니다. 그곳은 위험한 미궁이에요."

오늘 아침에 배달된 쪽지엔 '하레이슈 대협곡 아돌의 미궁' 이라고 적혀 있었다.

이 쪽지의 작성자가 납치범인지 아닌지는 알 수 없었다.

납치와 관계된 언질은 없었기에.

그럼에도 이 쪽지를 다들 무시할 수 없었던 건 절묘하게 시기가 맞아떨어졌기 때문이다.

여러 해에 걸친 고고학자들의 조사에 의하면 아돌의 미궁은 이천 년 전에 지어진 것으로 추정되고 있었다.

그곳은 오랫동안 방치된 탓에 곳곳이 붕괴되었고 지금도 붕괴가 일어나고 있어 접근이 불가능했다.

쪽지는 그 위험한 곳으로 오라는 초대장이었다.

하비옷 총관과 바로도 심각한 표정으로 시모나의 만류에 힘을 보탠다.

"딕스 님, 그곳은 너무 위험합니다. 또한 쪽지를 보낸 자가 납치범이 아닐 수도 있지 않습니까? 그러니 재고해 주십시오."

"그렇습니다. 처음부터 다시 재조사해 보겠습니다."

딕스는 자신의 결정을 만류하는 이 남 일 녀를 본다.

하나 그의 결정은 그 눈빛만큼이나 단호했다.

설사 이것이 누군가의 악의적인 장난일지라도 더는 기다릴 수가 없었다.

인내심이 바닥을 쳤기에.

그의 태도에서 이를 눈치챈 하비웃 총관이 보다 강경한 음성으로 말한다.

"불경한 말이나 파울 족장님께서도 그곳에선 빠져나오기 힘들 것입니다. 바로 천장의 의견대로 전격적인 재조사를 하시는 게 옳다고 판단됩니다."

초인급의 적을 피해 없이 제거해야 한다면 계략을 꾸미기 이전에 상대를 완벽하게 처치할 수 있는 장소부터 물색해야 한다.

하비웃 총관이라도 아돌의 미궁을 두 번 생각하지 않고 즉시 선택할 것이다.

입구와 출구가 단 하나뿐인 곳.

학자들이 오랫동안 조사했지만 미궁의 백분의 일도 알아내지 못하고 포기했다.

너무 복잡하고 큰 탓도 있었지만 가장 큰 이유는 언제 무너질지 모른다는 점 때문이었다.

범인은 그곳으로 딕스를 유인한다.

두 번 생각하지 않아도 딕스를 없앨 계획임을 단언할 수 있다.

어찌 딕스가 이를 모르랴.

세 사람의 만류를 듣고만 있던 딕스는 창턱에서 엉덩이를 떼고 일어섰다.

그는 모두를 바라보며 또박또박 힘을 주어 말했다.

"절 염려하는 세 분의 마음은 감사하게 생각합니다. 하지만 이건 저의 일입니다."

사실 겁이 난다.

미궁이란 곳이 언제든 붕괴될 수 있다고 하니 어찌 무섭지 않겠는가.

"안 돼요!"

시모나가 달려와 딕스의 팔을 잡고 눈물로 매달린다.

딕스는 자신의 팔을 양손으로 붙들고 부들부들 떠는 그녀의 손등을 가볍게 툭툭 쳐 주었다.

그러고는 안심시키려는 듯 환하게 웃어 보였다.

"시모나 양, 절 잘 모르시나 본데 저 굉장한 놈이랍니다. 얼마나 대단하면 시모나 양의 부친이자 제 사부이신 전격의 파울 님이 장장 19개월을 쫓아다녔겠습니까? 하하. 아! 이상한 쪽으로의 상상은 금물이에요. 그분이나 저나 이성관은 뚜렷합니다."

농담까지 던지며 분위기를 띄우려는 딕스에게 시모나는

커다란 눈에 눈물을 가득 담고서 여전히 고개를 흔들었다.

도리도리.

시모나의 눈에 고인 눈물이 한꺼번에 후드득 떨어졌다.

어쩌나 서럽고 아프게 우는지 보는 사람의 가슴이 다 뭉클해질 지경이다.

이번 일로 시모나는 그동안 감추고 있던 자신의 마음을 딕스와 총관, 바로 앞에서 모두 드러냈다.

"가지 마세요. 제발!"

"시모나 양, 레이첼이 미궁에 갇혀 있을 수도 있습니다. 제가 이를 무시하고 지나친다면 전 이 일로 평생을 괴로워할 겁니다. 그러니 절 이해해 주십시오."

"죽을지도 몰라요. 당신이 죽을지도 모른다고요! 레이첼이 당신에게 소중하다면… 저, 저에게도 당신은 소중한 사람이에요. 정 그렇게 가려거든 저도 함께 가겠어요."

"시모나 양!"

딕스가 언성을 높였다.

시모나는 이에 겁먹지 않고 오히려 그의 두 눈을 직시하면서 자신의 결정을 결코 번복하지 않겠다는 의지를 강력하게 피력한다.

그녀는 파울의 딸이다.

장장 19개월간 자신을 쫓아다니던 인물이 파울이다.

그런 남자의 딸이 시모나다.

평소에는 얌전하고 현명한 그녀였지만 그 저변에는 파울의 피가 흐른다.

"함께 가겠어요."

"안 됩니다."

"상관없어요. 당신이 절 데려가지 않겠다면 제 발로 미궁 안으로 들어가겠어요."

시모나에게서는 한 점의 흔들림도 찾아볼 수 없었다.

"여자는 남자의 말을 잘 들어야 합니다. 부족의 전통이지 않습니까?"

"현명한 남자의 의견을 따르라는 조상의 가르침입니다."

"시모나 양은 제가 어리석은 자로 보이는 것입니까?"

"아닙니다. 하지만 지금의 당신은 현명하지가 않아요. 감정에 휘둘리고 있어요. 당신이 레이첼 양을 사랑하는 건 알아요. 저 같은 여자보다 그녀는 백 배는 예쁘고 똑똑한 여성이죠. 하지만 이거 하나만은 분명히 말씀드릴 수 있어요. 적어도 당신을 향한 내 마음은 레이첼 양 못지않다고!"

뜻하지 않은 상황에서 시모나는 자신의 마음을 딕스에게 고백하고 말았다.

하비옷 총관과 바로는 서로를 바라보며 조용히 딕스의 방에서 나갔다.

획.

딕스는 시모나의 시선을 피해서 몸을 틀었다.

창가로 다가간 그는 있는 힘껏 벽을 때렸다.

퍼억!

시모나는 그 자리에 서서 이 모습을 울면서 바라보았다.

더 많이 좋아하는 쪽이 언제나 약자인 것이다.

"시모나 양, 아니, 시모나."

천천히 돌아선 딕스는 시모나를 향해 다가갔다.

움찔.

그의 그림자에 뒤덮인 시모나는 몸을 떨었다.

두려움의 떨림이 아니었다.

그가 호칭을 붙이지 않고 자신을 불러주어서였다.

겨우 추스른 눈물이 다시 두 눈에 맺히는 시모나였다.

시모나의 어깨를 잡고서 딕스가 말한다.

"당신에게 약속할게. 절대 죽지 않고 돌아오겠어. 그러니까 날 보내줘. 맹세해."

"당신이 돌아오지 않는다면 전 평생 이 저택 밖으로는 단 한 발자국도 나가지 않겠어요. 여기서, 여기서 당신이 돌아오기를 기다리겠어요."

고개를 숙인 시모나를 품에 안은 딕스는 그녀의 마른 등을 토닥거렸다.

시모나는 딕스의 심장 소리를, 그의 체온을 기억에 아로새긴다.

고개를 든 시모나는 딕스의 얼굴을 찬찬히 바라보았고, 그의 얼굴을 손으로 매만졌다.

"반드시 올게. 약속해."

딕스는 맹세의 증표로 시모나의 이마에 키스했다.

그의 몸을 힘주어 끌어안았던 시모나는 곧 팔에 힘을 풀었다.

그러곤 자신의 얼굴을 매만진 후 그를 향해 맑게 웃으며 큰 소리로 말했다.

"다녀오세요. 오시면 좋아하는 음식 많이 해드릴게요."

딕스도 활짝 웃으며 답례했다.

"갔다 올게, 시모나. 참, 얼마 전에 낑낑거리고 들고 가던 과일로 요구르트를 만들었다고 들었어. 그거 꼭 와서 꼭 먹을게."

"아, 아셨어요?"

"후훗, 이건 비밀인데."

딕스는 시모나의 궁금증을 유발시키려는 듯 뜸을 들인다.

시모나는 그를 올려다보는 이 순간이 좋았기에 그가 아주 아주 오랫동안 뜸을 들여주었으면 좋겠다고 생각했다.

하나 그녀의 바람은 이루어지지 않았다.

"요구르트의 양이 줄었을 거야. 실은 그거 내가 몰래 들어가서 먹어서 그런 거야. 하하. 그럼 다녀올게, 귀염둥이 아가씨."

딕스는 그 길로 곧장 미궁을 향해 출발했다.

쇠뿔은 단김에 빼는 법!

저택을 등지고 달려가는 딕스의 표정은 그 어느 때보다 무겁고 딱딱하게, 그리고 분노의 화광으로 가득 차 있었다.

　따뜻한 5월 초의 햇살이 생명의 힘을 부쩍 일으킨 어느 아름다운 정원.

　엽서의 그림처럼 멋진 이곳에 한 소년이 앉아 있었다.

　소년은 이 연못을 가장 좋아했다.

　그림처럼 앉아 있는 소년의 뒤로 검은 인영이 등장해 부복했다.

　남자는 단단한 목소리로,

　"놈이 움직였습니다."

　소년의 길고 아름다운 눈썹이 그 순간 꿈틀거린다.

　그 아래 자리한 눈동자는 차갑게 빛난다.

　북풍한설을 품고 있는 듯하다.

　"사내로군. 제 여자를 위해서. 목숨을 걸다니. 놈이 증오스럽지만 같은 사내의 입장에서 그의 행동에 대한 보답을 하지 않을 수가 없겠어. 그녀를… 미궁에 던져 놓아라. 그녀를 찾고 죽든가 못 찾고 죽든가는 이제 놈의 운에 달렸다. 가라."

　"명을 이행하겠습니다."

　소년의 명을 받은 서늘한 얼굴의 남자가 고개를 숙이고 정원을 빠져나간다.

　무심한 표정으로 돌아온 소년이 연못을 향해 피가 뚝뚝 떨어지는 생고기를 던진다.

벌떼처럼 물고기들이 몰려든다.

소년이 이 연못에 키우는 물고기는 놀랍게도 육식어였다.

사람이든 짐승이든 가리지 않고 포착되면 그게 무엇이든 뼈조차 남기지 않고 먹어치우기로 유명한 피라니아!

그리고 이보다 더 놀라운 사실은 유약한 느낌의 이 소년은 가끔 산 인간을 연못에 던졌다.

눈에 거슬린다는 이유로 남녀노소 상관없이.

'명예를 아는 남자였다면 내 형을 절대 그렇게 만들지 말았어야 했다. 아쉽군. 사랑스러운 내 피라니아에게 던져 주었으면 좋았을 텐데.'

취미가 고약한 소년은 딕스의 손에 남성을 영원히 잃은 아브람의 동생이었다.

하레이슈 대협곡.

억겁의 시간이 만들어낸 대자연의 신비와 장엄함이 살아 숨 쉬는 땅.

이곳을 보노라니 자연의 대역사가 참으로 감동스럽다.

하지만 이 자리에 선 한 남자에게 억겁의 시간과 대자연의 창조적인 역사 따위는 눈에 들어오지 않는다.

"바로 천장."

딕스의 머릿속엔 오직 한 가지 생각뿐이었고 가슴에 가득 찬 분노는 더 이상 다른 감정이 비집고 들어갈 자리조차 없었다.

그럼에도 그는 결코 냉정을 잃지 않았다.

"예, 딕스 님."

"어느 누구도 내 뒤를 따라오면 안 됩니다. 내 뒤를 따르는 자… 그가 누구든 제 손에 죽습니다. 그러니 모두 데리고 돌아가세요. 가는 길은 저도 알고 있습니다."

딕스는 죽음의 선고를 참으로 담담하게 했다.

너무도 잔잔한 어조지만 오히려 바로는 소름끼치는 섬뜩함을 느낀다.

"디, 딕스 님."

"내 말은 끝났습니다."

딕스는 뒤 한 번 돌아보지 않고서 곧장 대협곡으로 발걸음을 옮겼다.

크고 작은 골짜기를 따라 바람이 분다.

어떤 곳은 바람 소리가 천둥 같고, 어떤 곳은 맑은 시냇물이 졸졸거리는 소리를 연상케 한다.

바로는 멀어지는 딕스를 바라보며 고민에 빠졌다.

'딕스 님의 그 표정은… 진심이었다.'

수하들을 돌아본 바로는 결정을 내리지 않을 수 없었다.

고삐를 말아 쥐며 바로가 소리친다.

"철수!"

바로와 자이라족 전사들의 존재감이 멀어지더니 완전히

사라진다.

딕스는 물의 척후를 통해 이를 확인했다.

물의 척후를 그는 넓게 퍼뜨렸다.

어렵지 않게 그는 존재감을 포착했다.

부디 단순한 관광객이 아니기를.

황량하고 거칠고 위험한 대협곡에서 살아 숨 쉬는 인간이라면 열에 아홉은 적일 것이다.

레이첼을 찾고, 놈들을 족쳐서 원흉을 밝힌다.

원흉과 하수인 가리지 않고 대가를 톡톡히 받아낼 것이다.

딕스는 하레이슈 대협곡을 걷고 또 걸었다.

벼랑에서 자갈과 말라비틀어진 풀과 잔가지가 떨어지는 소리에 깜짝 놀라 쳐다볼 법도 한데 딕스는 오직 전방만 보며 유령처럼 걷고 있었다.

멀찍이서 그를 관찰하던 자들의 표정이 좋지 않다.

이들은 죽음을 선물하는 암살자들이다.

오랜 세월 살생을 경험한 이들의 본능이 강력한 목소리로 경고하고 있다.

눈앞의 남자… 위험하다!

꺼림칙했지만 암살자들은 맡은 임무를 저버릴 수 없었다.

딕스가 대협곡에 발을 디딘 지 만 하루가 흘렀다.

지도에 표기된 아돌의 미궁까지는 앞으로 반나절 거리였다.

이를 확인한 딕스는 대협곡을 감싼 자연스러운 안개에 자신의 마나를 주입했다.

안개는 곧 딕스가 자유자재로 다스릴 수 있게 되었다.

딕스는 안개에 수면제를 풀었다.

약은 자신이 가야 할 곳으로 정확하게 이동했다.

딕스는 전방에 불쑥 튀어나온 바위에 앉아 있었다.

그렇게 삼십여 분을 득도한 성인처럼 앉아 있던 그가 움직이기 시작했다.

"시리우스."

딕스는 나직이 자신의 영원한 반려를 부른다.

완전 마력 문장에 안착한 물의 핵 오메가가 움직이며 다섯 개의 띠―서클―가 맹렬하게 가동된다.

딕스의 전신에서 거대한 힘이 발산된다.

그 힘은 곧 주변의 물의 기운을 모아 하나의 뚜렷한 형체가 되었다.

마법 골렘 시리우스.

"놈들을 내 앞으로 데려와라."

딕스의 명령이 떨어지자 시리우스는 급류처럼 움직였다.

딕스는 시리우스가 올 때까지 명상을 하며 흥분으로 끓어오르는 마음을 진정시켰다.

이십여 분이 흘렀을까, 시리우스가 물의 그물을 끌고 장내에 도착했다.

물의 그물 속에는 깊이 잠든 열세 명의 사내가 뒤섞여 있었
다.

"놈들을 깨워라, 시리우스."

딕스의 명령이 떨어지자 시리우스는 거대한 물 덩어리를
생성해 사내들에게 뿌렸다.

좌아악!

사내들이 몽롱한 표정으로 하나둘 눈을 떴다.

의식이 완전히 돌아오려면 자극이 좀 더 있어야 할 것이다.

딕스는 놈들이 정신을 다 차릴 때까지 계속해 물 덩이를 퍼
붓도록 시리우스에게 명령했다.

좌악, 좌악, 좌아악!

"하푸풉!"

"콜록콜록."

"헉! 여, 여긴……?"

마지막 한 놈이 정신을 차릴 때까지 물을 쏟아붓자 곧 열세
명의 사내 모두 의식을 차렸다.

놈들은 주변을 둘러보곤 하나같이 경악했다.

4미터 크기의 마법 골렘과 감시하던 자가 눈앞에서 자신들
을 똑바로 응시하고 있다.

침착할 수 있다면 그게 더 이상한 노릇이다.

"마, 마법사!"

"고… 골렘!"

사내들의 눈이 찢어질 듯 커진다.

공포에 질린 그들은 본능적으로 무기를 빼 들고는 딕스를 향해 몸을 날렸다.

마법사를 상대하는 제일 원칙. 마법사를 죽여라!

놈들은 삶의 비상구를 제대로 보았다.

딕스는 냉소하며 마법을 시전 했다.

파츠츠츠츠—!

무기를 움켜쥔 사내들의 손은 제대로 움직여 보지도 못한 채 순식간에 하얗게 변했다.

얼어버린 그 손은 극심한 고통을 동반했다.

"크헉!"

"이, 이럴 수가!"

"크아아아악!"

"커헉!"

"으으으."

열세 명 중 열 명이 제자리에 주저앉았고 나머지 세 명은 제법 독기를 드러내며 딕스를 향해 악착같이 달려들었다.

참으로 대단한 의지다.

딕스는 이들에게 조촐한 선물을 마련했다.

서리의 안개가 놈들의 전신을 휘감았다.

그 속에서 놈들은 비명 한 번 지르지 못하고 전신이 얼음덩이가 되었다.

앞서 주저앉은 자들이 이를 보며 기겁했다.

딕스는 놈들을 노려보며 차갑게 소리쳤다.

"설치면 죽는다."

쩌쩌-쩡! 퍼억!

얼음이 된 삼 인의 몸뚱이는 딕스의 말이 끝나기 무섭게 기다렸다는 듯 쩍쩍 갈라지더니 일제히 터졌다.

작은 알갱이가 된 동료의 모습에 사내들은 할 말을 잃었다.

육신만이 아니라 영혼마저 죽은 것이 아닐까 싶었다.

부들부들.

암살자도 사람이다.

혹독한 훈련을 받아서 자신의 감정을 절제하는 법을 배웠지만 생존을 향한 인간의 본능을 완전히 제거할 수는 없었다.

딕스는 놈들에게서 두려움을 읽었다.

목소리를 착 가라앉히며 그는 한 남자를 눈으로 지목했다.

"그녀는 미궁에 있느냐?"

그와 눈이 마주친 사내는 소스라치게 놀라며 엉덩이걸음으로 뒤로 물러섰다.

그 모습에 딕스는 눈살을 찌푸렸다.

이것이 신호인 양 석상처럼 서 있던 시리우스는 사내의 정수리를 물의 도끼로 내려찍어 버렸다.

사내의 상반신이 잘 마른 장작이 쪼개지듯 단숨에 갈라졌다.

피와 내장이 바닥으로 퍼져 나간다.

놈들은 깨달았다.

저 남자는 두 번 묻지 않는다는 것을.

"그녀는 미궁에 있느냐?"

좀 전과 똑같은 음성과 눈길로 딕스가 말했다.

두 번째로 지목당한 사내는 말없이 몸만 떨었다.

불쌍할 정도로 떨면서도 사내는 딕스가 원하는 대답을 하지 않았다.

시리우스의 손이 이 사내를 움켜잡아 비틀어 뜯어버렸다.

이 모든 행위는 딕스의 명령에 의해서다.

딕스는 목소리를 크게 높였다.

"그녀는 미궁에 있느냐!"

움찔.

놈들은 암살자로 길러진 자들이다.

끔찍한 장면과 절망적인 상황에 놓였지만 그 때문에 다들 정신만은 잃지 않았다.

침묵.

이에 딕스는 두 눈을 부릅뜬다.

딕스는 놈들의 다리를 모조리 얼려 버린 뒤 발끝부터 부서지게 만들었다.

물의 지배자는 잔인하고 단호했다.

"네가 말해라."

그에게 지목받은 사내는 짙은 분노와 살기를 표출하며 딕스에게 끔찍한 저주를 퍼부었다.

놈은 자신이 퍼부은 저주 그대로 딕스에게 죽임을 당했다.

상반신만 남은 자들은 더욱더 공포에 질렸다.

자신들의 눈앞에 있는 자는 인간이 아니다.

공포로 마비된 머릿속은 겨우 한 가지 명령만을 내린다.

몇몇이 눈치를 보더니 품에서 약병을 꺼내 목구멍에 털어 넣으려 했다.

이 또한 방관할 딕스가 아니다.

시답잖게 자살로 끝맺으려 했던 그들의 행위는 양팔을 파괴당하는 것으로 보답받았다.

"크아아아아아아—악!"

"으아아아악!"

걷잡을 수 없는 공포가 모두를 지배했다.

딕스는 이들의 비명이 진정될 때까지 차분한 표정으로 기다렸다.

"어차피 이리된 거 죽여라!"

삶을 포기한 자가 등장했다.

"알았다."

딕스는 반항심을 버리지 못한 남자를 그의 뜻대로 죽였다.

하지만 앞서와 달리 쉽게 죽이지는 않았다.

그는 남자를 천천히 삶아서 죽였다.

사람의 육신이 장작처럼 쪼개지고, 낡은 걸레처럼 비틀려

찢겨지며, 얼어서 터지다 못해 이제는 삶은 고기가 되는 장면까지.

엄청난 공포와 항거할 수 없는 절망 앞에 암살자들 모두가 낙담하고 치를 떨었다.

그럼에도 다들 입을 열 생각은 하지 않았다.

딕스도 독하지만 놈들도 만만치 않게 독종들이었다.

"음… 결정적인 한 방이 부족했나 보군."

딕스의 담담한 말에 원독과 분노와 두려움이 가득한 사내들의 시선이 딕스를 향한다.

그가 생각하는 결정적인 한 방.

"하늘에서 뚝 떨어지는 인간은 없지. 땅에서 툭 튀어나오는 인간도 없지. 살다 보면 좋은 인연 하나둘 맺게 마련이고 그 인연을 지켜주고 싶은 마음도 먹게 되지. 너희도 그럴 것이다."

부르르.

암살자라고 해 어찌 가족과 사랑하는 사람이 없겠는가.

딕스는 교묘하게 그 부분을 파고들어 사내들의 상상력을 부채질했다.

정상적인 고문과 협박으로는 암살자들의 입을 열 수 없음을 깨달았기 때문이다.

방법에 문제가 있다면 바꾸면 된다.

대신 사내들의 상상력이 스스로를 지배할 때까지 시간을 주어야 한다.

일분일초가 아깝고 피가 마르는 딕스에게 기다림은 지옥을 경험하는 기분이었다.

그러나 일에는 순서가 있고 그 순서를 무시하면 반드시 후회가 따르는 법이다.

"아, 안에 있소!"

드디어 한 사내가 울부짖는 목소리로 소리쳤다.

암살자들이 발설한 사내를 쳐다보았다.

하지만 누구도 이 사내를 원망하지 않았다.

사랑하는 자들에게 해가 될 여지를 남겨두는 일은 암살을 업으로 삼고 살아가는 이들에게도 견디기 힘든 일이었다.

앞서 보았듯 눈앞의 남자는 그게 무엇이든 담담하게 저지를 인간이다.

진정으로 무서운 인간이 바로 저런 타입이다.

제 목숨을 이미 포기한 암살자들에게서 지난 시간이 추억의 책장처럼 펼쳐진다.

"납치를 사주한 자, 누구냐?"

딕스의 이 질문에 순간 무거운 정적이 감돌았다.

처음으로 발설한 자가 고뇌의 표정을 깊게 드리우며 물었다.

"그, 그를 어찌할 거요?"

"죽인다."

"그, 그만 죽일 거요?"

암살자의 질문은 많은 것을 내포하고 있었다.

그가 의미하는 바를 딕스는 본능적으로 알아차렸다.

딕스의 눈길이 절망과 고통으로 얼룩진 암살자들의 얼굴을 일일이 훑고 지나간다.

"그만 죽지 않을 것이다."

"음… 하긴 당신의 심성을 보니 그 여자를 보게 되면 그럴 것 같군."

사내의 말에 딕스의 두 눈이 점점 작아진다.

"무슨 뜻이냐? 너의 그 말은!"

딕스의 음성이 천둥처럼 대협곡에 쩌렁쩌렁하게 퍼져 나간다.

극도로 흥분한 그 목소리는 전에도 들어본 적 없고 앞으로도 들어보기 힘들 분노와 공포의 비명이었다.

콰르르르르릉.

『딕스전기』 6권에 계속…

무경 新무협 판타지 소설

FANTASTIC ORIENTAL HEROES

암제귀환록

마흔에 이르기도 전에 얻은 위명.
암제(暗帝).

무림맹의 충실한 칼날이었던 사내.
그가 무림맹 최후의 날에
모든 것을 후회하며 무릎을 꿇었다.

"만약 그때로 돌아갈 수 있다면……."

사내의 눈이 형용할 수 없는 빛을 토했다.

"혈교는 밤을 두려워하게 될 것이다!"

Book Publishing CHUNGEORAM

유행이 아닌 자유추구 -
WWW.chungeoram.com

김현우 퓨전 판타지 소설

레드 크로니클
Red Chronicle

「드림워커」, 「컴플리트 메이지」의 작가
김현우가 색다르게 선보이는 자신작!

「레드 크로니클」

백 년의 세월 검을 들고 검의 오의에
다가선 남자 티엘 로운.

모든 것을 베는 그가 마지막으로
검을 휘둘렀을 때
그를 찾아온 것은 갈라진 시공간,
그리고... 자신의 젊은 시절이었다!

"하암, 귀찮군."

검의 오의를 안 남자가 대륙을 바꾼다!
티엘 로운의 대륙 질풍기!

Book Publishing CHUNGEORAM

유행이 아닌 자유추구 -
WWW.chungeoram.com

Sanctum
생텀

이영균 판타지 장편 소설

FUSION FANTASTIC STORY

취재 현장에서 맞닥뜨린 녹색 괴물.
그리고 무혁은 한 번 죽었다.

죽음에서 깨어난 무혁에게 다가온 것은
숨겨졌던 이세계, 생텀의 존재였다!

현대에 스며든 악신 투르칸의 잔인한 손길.
생텀에서 온 성녀 후보 로미와 도멜 남작을 도우며
무혁의 삶은 점차 비일상에 접어드는데……

이계와의 통로는 과연 우연인 것인가?
생텀(Sanctum)의
진정한 의미를 찾아라!

Book Publishing CHUNGEORAM

유페이 아닌 자유추구
WWW.chungeoram.com

현대백수 장편 소설

간웅

FUSION FANTASTIC STORY

뇌성벽력이 치는 어느 날!
고려 황제의 강인번을 들고 있던
어린 병사가 낙뢰를 맞고 쓰러졌다.

하지만… 다시 눈을 뜬 이는
현대 대한민국에서 쓸쓸히 죽은
드라마 작가 지망생.

고려 무신 시대의 격변기 속에서 눈을 뜬 회생[回生].
살아남기 위해! 죽지 않기 위해!
그의 행보로 인해 고려는 서서히
변하기 시작하는데…….

치세능신 난세간웅(治世能臣 亂世奸雄)!

격동의 무신 시대!
회생, 간웅의 길을 걷다!

Book Publishing CHUNGEORAM

유행이 아닌 자유추구 -
WWW.chungeoram.com

절정고수들이 하늘 높은 줄 모르고 질주하는 현 세상.
서른여덟 개의 세력이 서로를 견제하는 혼돈의 시대.

그 일촉즉발의 무림 속에
첫 발을 디딘 어린 소년.

"나는 네가 점창의 별이 되기를 원한다."

사부와의 약속을 지키고
난세로 빠져드는 천하를 구하기 위해
작은 손이 검을 들었다!

박선우 新무협 판타지 소설 FANTASTIC ORIENTAL HE

풍운사일

Book Publishing CHUNGEORAM